诗词创作书坊

005

诗词年选
2019

《诗刊》社　选编

中国书籍出版社
China Book Press

图书在版编目（CIP）数据

诗词年选.2019/《诗刊》社选编.--北京：中国书籍出版社，2020.12
ISBN 978-7-5068-8152-4

Ⅰ.①诗… Ⅱ.①诗… Ⅲ.①诗词—作品集—中国—当代 Ⅳ.①I227

中国版本图书馆CIP数据核字（2020）第235581号

诗词年选.2019

《诗刊》社 选编

书坊策划	师 之
责任编辑	朱 琳
责任印制	孙马飞 马 芝
封面设计	东方美迪
出版发行	中国书籍出版社
地 址	北京市丰台区三路居路97号（邮编：100073）
电 话	（010）52257143（总编室） （010）52257140（发行部）
电子邮箱	eo@chinabp.com.cn
经 销	全国新华书店
印 刷	廊坊市海涛印刷有限公司
开 本	787毫米×1092毫米 1/32
字 数	195千字
印 张	10.25
版 次	2020年12月第1版 2020年12月第1次印刷
书 号	ISBN 978-7-5068-8152-4
定 价	49.00元

版权所有 翻印必究

前　言

党的十八大以来，习近平总书记多次强调要传承和弘扬中华优秀传统文化。他指出："中华文明源远流长，蕴育了中华民族的宝贵精神品格，培育了中国人民的崇高价值追求。自强不息、厚德载物的思想，支撑着中华民族生生不息、薪火相传。"中华民族之所以几千年屹立于世界民族之林，历经磨难，一次次凤凰涅槃，成为人类发展史上的奇观，最根本的就是深深植根于民族基因的伟大精神支撑和崇高价值追求，因此，中华优秀传统文化是中华民族永远不能离别的精神家园。

我们知道，作为中华优秀传统文化的主要形式——中华诗词，就是承续着中国诗歌自古以来的优秀传统而来的，历史深厚，活跃生长，根深叶茂。在其发展过程中，产生了一大批优秀的诗人，积累了一大批经典的诗作。时至今日，中华诗词的发展繁荣，为加强社会主义精神文明建设，围绕举旗帜、聚民心、育新人、兴文化、展形象的使命任务,促进满足人民文化需求和增强人民精神力量相统一,推进社会主义文化强国建设,提供了源源不断的精神动力。为了进一步推进新时代中华诗词的发展繁荣,《诗刊》社选编了这本《诗词年选2019》。

本书采取定向约稿与广泛征稿两种方式,征集到2019年国内240位诗人词家创作的诗词精品500余首。虽然我们希望尽可能地囊括国内老、中、青三代绝大多数优秀作者,但限于本书的容量,每人只选取了一至三首诗词作品,加之限于编者的视野,定有大野遗贤之恨,沧海遗珠之憾。不过,本书体裁多样,风格不一,格调明朗,内容健康,涉及当代社会生活的方方面面,无论美刺,皆可觇察世道,启迪人心,把卷品茗,定有所得。

本书是近年来由《诗刊》社选编的第一本诗词年选。此书的出版,有力地说明诗词在白话文占据主导地位的当代仍然有着强大的生命力,巨大的发展潜力;说明新中国成立七十年来尤其是改革开放进入新时代以来,党和政府大力弘扬中华优秀传统文化的政策是深得人心并已结出了累累硕果;也必将对推动新时代诗词的创作和发展,推动全国诗词的创新发展,推广传播新时代优秀诗词作品,促进我国诗词事业的繁荣发展,起到越来越大的作用,产生越来越大的意义。

人们常说：盛世崇文，太平修典。2020年10月26日至29日，中国共产党第十九届中央委员会第五次全体会议在北京召开，全会提出："繁荣发展文化事业和文化产业，提高国家文化软实力。"并第一次明确地提出，到2035年，我们要奋力建成文化强国。那么，《诗刊》社与中国书籍出版社联合出版的这本《诗词年选2019》，可谓是恰逢其时。因此，让我们一起，更加自信地面对着亘古未有的时代新变，书写、记录、歌咏人民创造美好新生活的生动实践，进一步推进我国新时代诗词的繁荣发展，创造中国诗词新的辉煌。

《诗刊》社、《中华辞赋》杂志社
2020年12月2日

目　录

（作者排列按姓氏笔画为序）

丁　昊（浙江杭州）

　　秦陵兵马俑 …………………………… 1

　　长安送友之金陵 ……………………… 1

　　高阳台·西湖秋晚 …………………… 1

丁　欣（江苏溧阳）

　　巴山云漫山庄 ………………………… 2

　　初阳庐山邀聚春雨楼闻乐者王哥吹尺八 ……… 2

　　鹧鸪天·怀养由基兼赠荆门驻军 …………… 3

丁进校（河北邢台）

　　客居泉口村 …………………………… 3

　　乔迁记 ………………………………… 4

　　咏　怀 ………………………………… 4

丁海军（北京）
　　携小女游北戴河 …………………………… 5
　　北京飞澳洲一夜秋春换季 ………………… 5

了　凡（上海）
　　五十抒怀 …………………………………… 6
　　鹊踏枝·情和爱——乞巧节凑趣 ………… 6

万俊人（北京）
　　齐天乐·致清华人文校友词 ……………… 7
　　"我与《读书》四十年"随笔有怀 ………… 7

马　犟（宁夏银川）
　　鹧鸪天·戊戌清明遇大雪即景 …………… 8
　　一剪梅·春分 ……………………………… 8
　　满庭芳·游镇北堡影视城兼怀张贤亮先生 …… 9

马飞骧（北京）
　　水调歌头·拙著《诗经缵绎》出版 ……… 9
　　念奴娇·十渡孤山寨 ……………………… 10

马骏祥（北京）
　　鹧鸪天·缅怀大庆油田铁人王进喜同志 …… 11
　　怀念汉字激光照排发明人王选院士 ……… 11
　　小暑日与柴桑晨崧先生寻访京西马致远故居 … 12

王子江（北京）
　　昆木加哨所（二首） ……………………… 12

王文中（内蒙古鄂尔多斯市）

  雨后鄂尔多斯高原行 ………………………… 13

  登神木西山长城卧虎寨 ……………………… 14

王亚平（云南红河）

  八声甘州·听风楼 …………………………… 14

  八声甘州·重登秀山 ………………………… 15

  八声甘州·经丽江过香格里拉 ……………… 16

王守仁（内蒙古通辽）

  沁园春·梦约燕山雅集 ……………………… 16

  水调歌头·神游亓莲关 ……………………… 17

  乌斯吐自然保护区植树吟 …………………… 17

王改正（北京）

  观看新中国成立七十周年阅兵即颂 ………… 18

  念奴娇·新中国成立七十周年感赋 ………… 19

  百里新长安赋 ………………………………… 20

王国钦（河南郑州）

  祝福祖国七十寿诞 …………………………… 21

  鄂豫皖三省四市"大别山诗词大会"感怀 …… 21

  恭和香港施学概先生《东江水吟》…………… 21

王学新（河北石家庄）

  江竹筠殉难感赋 ……………………………… 22

漫步兰亭 …………………………………… 22
林觉民故居 ………………………………… 23

王建强（河北栾城）

清平乐 ……………………………………… 23
无　题 ……………………………………… 24
老　宅 ……………………………………… 24

王品科（江西九江）

暮春过湖口石钟山·调寄《蝶恋花》 ……… 25

王禹同（辽宁锦州）

春游瘦西湖 ………………………………… 25
庐山黄龙潭 ………………………………… 26
罗世德兄邀至油石乡 ……………………… 26

王晓春（四川遂宁）

村　居 ……………………………………… 27
和清影兄江上行 …………………………… 27
满江红·玉米移栽 ………………………… 28

王海亮（河北石家庄）

元　宵 ……………………………………… 28
生辰自题 …………………………………… 29
豆腐歌 ……………………………………… 29

王海娜（北京）

九寨沟行 …………………………………… 30

碧瑶山庄逢三角梅 …………………………… 30

　　摊破浣溪沙·登清水转角楼烽火台 ………… 31

王悦笛（北京）

　　野马与骑手 …………………………………… 31

王崇庆（湖北荆州）

　　沁园春·吉安 ………………………………… 32

　　神农架访香溪源，分韵得"一"字 ………… 32

王震宇（辽宁葫芦岛）

　　己亥大雪节同徐长鸿过北镇庙寻翠云屏 …… 33

　　奉题新河词家五湖泛月图 …………………… 34

　　夜　归 ………………………………………… 34

无　心（北京）

　　满江红·己亥寒露 …………………………… 35

　　贺新郎·孤单 ………………………………… 35

　　金缕曲·冰花 ………………………………… 36

韦树定（北京）

　　己亥十一月初九夜北京西站送老母返桂 …… 37

水含笑（辽宁本溪）

　　喝火令·五女山风光 ………………………… 38

月怀玉（河北燕郊）

　　沁园春·勿忘我 ……………………………… 39

蝶恋花·鸢尾花 …………………………… 40

鹧鸪天·悼友 ……………………………… 40

方　伟（河南信阳）

汉　口 ……………………………………… 41

临江仙·麻城别谢炳铭、周路平二弟 ……… 41

满江红·黄鹤楼前 ………………………… 41

孔长河（山西晋城）

夜宿蟒河 …………………………………… 42

忆少年·游园 ……………………………… 43

孔祥庚（云南玉溪）

鹧鸪天·咏建水古城 ……………………… 43

巴晓芳（湖北武汉）

怀天眼之父南仁东 ………………………… 45

题江汉运河 ………………………………… 45

瞻开封包公祠 ……………………………… 46

邓　辉（重庆大足）

梦游沧海醒作述怀 ………………………… 46

登峰望云遐想 ……………………………… 47

与郑西宁、陈雪、李联川、熊秀等老农校赏月 … 47

石晓玲（广东东莞）

凤凰台上忆吹箫·春 ……………………… 48

初秋·步汪中韵 ············ 48
龙　博（河北廊坊）
　　江城子·春末夏初 ············ 49
　　鹧鸪天 ············ 49
　　秋游有感 ············ 50
卢金伟（重庆黔江）
　　哨楼所见 ············ 50
　　火车站台执勤哨兵 ············ 50
卢象贤（江西九江）
　　西江月·春意 ············ 51
叶宝林（北京）
　　父亲长烟袋 ············ 51
　　红高粱（新韵） ············ 52
　　黄泥火盆 ············ 52
申士海（北京）
　　初冬游河北怀来幽州峡谷 ············ 53
　　己亥小雪日回乡见杏树尤青，感而有作 ······ 53
　　一剪梅·月城颂 ············ 53
付顺兰（湖北襄阳）
　　暮春感怀 ············ 54
　　己亥年夏游翡翠峡 ············ 54

代雨东（北京）
　　点绛唇·燕十六俱乐部青海行 …………… 55
　　浣溪沙·秋 …………………………………… 55
白双忠（北京）
　　游芬兰赫尔辛基 ……………………………… 56
　　泡热海温泉 …………………………………… 56
边郁忠（吉林省吉林市）
　　摊破浣溪沙·山居 …………………………… 57
　　南乡子·优胜美地山居 ……………………… 57
邢涛涛（辽宁凤城）
　　京新高速阿拉善盟段 ………………………… 58
　　五一小长假与父母大梨树老宅 ……………… 58
　　得《诗刊》所寄稿酬汇票 …………………… 59
朱本喜（山东烟台）
　　踏　春 ………………………………………… 59
朱永兴（江苏苏州）
　　己亥仲春过太湖绿洲梨园 …………………… 60
　　暮秋过石湖 …………………………………… 60
朱军东（安徽合肥）
　　在周庄（新韵） ……………………………… 61
　　观《郑和航海图》 …………………………… 61

朱昌元（安徽桐城）
　　胆瓶贮梅落后插水仙 ……………… 62
　　审山东麓口占 ……………………… 62
　　伤春怨·《面朝大海，春暖花开》 ……… 62

全凤群（四川遂宁）
　　蝶恋花·立夏 ……………………… 63
　　燕归梁·围炉烤薯 ………………… 63
　　临江仙·山野闲居 ………………… 63
　　定风波·石榴花开 ………………… 64

刘　军（湖南岳阳）
　　己亥遣怀 …………………………… 64

刘　征（北京）
　　开春放笔 …………………………… 65
　　老梅图歌 …………………………… 66

刘庆霖（北京）
　　过奥林匹克公园 …………………… 67
　　李贺故里祭李贺 …………………… 67
　　浣溪沙·玉溪拜谒聂耳铜像 ……… 68

刘安坤（吉林）
　　踏　冰 ……………………………… 68

刘如姬（福建永安）
　　减字木兰花·吉山一游 …………… 69

渔家傲·春游 …………………………… 69
　　西江月·小二宝之歌 ………………… 70
刘志威（辽宁沈阳）…………………………70
　　迁新居喜有小园 ……………………… 70
　　芒种晚乘动车过稻乡 ………………… 71
　　霜降有怀 ……………………………… 71
刘爱红（北京）
　　减字木兰花·致敬雷达兵——新中国成立七十周年
　　国庆观礼写给父亲 …………………… 72
　　水调歌头·己亥春过苏小小墓 ……… 72
刘益溦（四川成都）
　　挽奇晋师并示本谦 …………………… 73
　　过建昌观卫星发射 …………………… 73
刘德胜（河北霸州）
　　父亲的肩膀 …………………………… 74
　　咏春雪 ………………………………… 74
闫　震（河南濮阳）
　　悼金庸先生 …………………………… 75
　　金明池·感陈柳故事次河东君寒柳韵 … 75
江　岚（北京）
　　自和顺赴大寨途中偶见 ……………… 76
　　己亥夏日过大寨谒陈永贵墓 ………… 76

己亥秋日过灵山寺咏紫薇树 ………………… 76
江晓云（江苏泗洪）
　　写于七夕 ……………………………………… 77
　　买　房 ………………………………………… 77
汝悦来（江苏苏州）
　　黄溪怀古 ……………………………………… 78
　　吴江创建"中华诗词之乡"成功十周年，赠朱永兴
　　老会长 ………………………………………… 78
　　南社一百十周年纪念 ………………………… 79
安全东（四川达州）
　　己亥杂咏（十首选二） ……………………… 79
孙　亭（江苏沛县）
　　六和有机农场吃野菜 ………………………… 80
　　参观徐州诗博园 ……………………………… 80
孙长春（吉林双辽）
　　湿地留别（新韵） …………………………… 81
　　鹧鸪天·夜访七星湖（新韵） ……………… 81
孙金榜（山东无棣）
　　临江仙·仲秋向晚郊外赏月 ………………… 82
　　庐山游 ………………………………………… 82
苏　俊（广东高州）
　　抵江州怀白司马 ……………………………… 83

芙蓉楼 …………………………………… 83
苏　燕（安徽淮南）
临江仙·深夜邀儿视频 …………………… 84
鹧鸪天·场外陪儿高考 …………………… 84
李　颖（安徽合肥）
水调歌头·中秋夜有寄 …………………… 85
李　静（湖南衡阳）
观松树盆景 ………………………………… 85
卜算子·衡山听琴 ………………………… 86
咏南岳高僧之破门禅师 …………………… 86
李文朝（北京）
鹊桥仙·贺"嫦娥四号"着陆月背 ……… 87
礼赞人民代表申纪兰 ……………………… 87
礼赞中国"核潜艇之父"黄旭华 ………… 88
李伟亮（河北保定）
荆门博物馆楚国玉佩 ……………………… 88
象山堂 ……………………………………… 89
洗心堂 ……………………………………… 89
李栋恒（北京）
访畲乡 ……………………………………… 89
诗人节有寄 ………………………………… 90

调寄翠楼吟端午节悼屈原 …………… 90

李树喜（北京）

　　再登鹳雀楼 …………………………… 91

　　浣溪沙·题赠大运河研究会 ………… 91

李厚贵（湖北十堰）

　　夜　岗 ………………………………… 92

　　异乡赏月 ……………………………… 92

李恒生（云南楚雄）

　　长相思·留守儿童 …………………… 93

　　浪淘沙·病中父亲 …………………… 93

李晓兰（山西昔阳）

　　霜天晓角·落雪 ……………………… 94

　　水调歌头·己亥中秋 ………………… 94

李　梅（新疆库尔勒）

　　立　秋 ………………………………… 95

　　念奴娇·西海辞 ……………………… 95

　　七涧之春 ……………………………… 96

李葆国（北京）

　　黄州访东坡赤壁谒东坡塑像 ………… 96

　　三月十九日过崖山感怀（新韵）…… 97

李瑞河（江西九江）

　　戊戌除夕立春试笔 …………………… 97

新港官洲古渡 ················· 98
李福祥（北京）
　　华山揽胜 ···················· 98
　　恒山咏叹 ···················· 99
　　衡山梦游 ···················· 99
李殿仁（北京）
　　凉山灭火英雄赞 ··············· 100
　　诗赠爱国拥军模范王友民同志 ········ 100
李慧英（山西晋城）
　　己亥三月初四夜喜雨 ············· 101
　　时已立冬荷池花开依旧 ············ 101
　　忆江南·童年乐 ················ 101
杨　柳（广东）
　　清平乐·感怀 ·················· 102
　　清平乐·丁酉生辰抒怀 ············ 102
杨　强（湖北襄阳）
　　自武汉赴湘西途中作 ············· 103
　　大　江 ····················· 103
　　砚石溪人家 ··················· 104
杨名忠（江西宁都）
　　傍晚游览五彩滩 ··············· 104

穿越独库公路有感 …………………… 105
杨红飞（辽宁铁岭）
　　单位待雨停回家（新韵） …………… 105
　　红楼梦读后 …………………………… 106
杨志梅（河北唐山）
　　如梦令·春日 ………………………… 106
　　采桑子·秋思 ………………………… 107
杨学军（江苏南京）
　　临江仙·初心 ………………………… 107
杨逸明（上海）
　　秋　兴 ………………………………… 108
　　题吴江新居 …………………………… 108
　　西江月·立冬 ………………………… 109
杨新跃（湖南湘乡）
　　己亥中秋登镇湘楼 …………………… 109
　　己亥霜降夜登高 ……………………… 110
　　谒曾文正公墓 ………………………… 110
时　新（山西太原）
　　除夕抄汪东《梦秋词》，用汪东《南乡子》韵… 111
　　望海潮 ………………………………… 111
　　读杜甫卖药有感 ……………………… 112

吴广川（江苏沛县）
云龙山放鹤亭抒怀 ······ 112
黄河故道感怀 ······ 113

吴化勇（广东韶关）
惠州遇小委弟感事有寄 ······ 113
独　感 ······ 114

吴宝军（北京）
登　高 ······ 114
水龙吟·金陵怀想 ······ 115
绮罗香·夏夜宾至 ······ 115

吴震启（北京）
厉夫波还乡 ······ 116
再答鲁志成 ······ 116
试茶尝味 ······ 116

何　革（四川广元）
与妻街边小憩 ······ 117
与长兄通话 ······ 117
游荆门漳河水库 ······ 117

何　鹤（北京）
定慧公园 ······ 118
陈胜墓 ······ 118
己亥七夕忆旧 ······ 119

何云春（北京）
　　戊戌故里行 ……………………………… 119
　　陪友人秋游八大处 ……………………… 120

何红霞（陕西通渭）
　　闲　赋 …………………………………… 120
　　如梦令·年华 …………………………… 121

何其三（安徽宿松）
　　春　信 …………………………………… 121
　　鹧鸪天·寄出相思不见收 ……………… 121
　　虞美人·摘花 …………………………… 122

何智勇（浙江杭州）
　　铜铃山 …………………………………… 122
　　烟　花 …………………………………… 123
　　友人馈壶 ………………………………… 123

谷耀成（河北宁晋）
　　忆江南·瘦西湖 ………………………… 123
　　赞记者 …………………………………… 124

汪业盛（湖北荆州）
　　腊八龙洲道人邀聚虎桥酒庄 …………… 124
　　元宵节咏汤圆 …………………………… 125

汪冬霖（山东烟台）
　　黄继光 …………………………………… 125

邱少云 ······ 125
焦裕禄 ······ 126

沈华维（北京）
　　过昌源河湿地 ······ 126
　　秋访景宁畲乡 ······ 127
　　夜　读 ······ 127

沈鉴宇（北京）
　　植物工厂 ······ 128
　　踏莎行·鹤望兰 ······ 128
　　凤栖梧·登卢沟桥 ······ 129

宋彩霞（北京）
　　东风第一枝·己亥新正 ······ 129
　　南歌子·春日 ······ 130

初　仁（北京）
　　宝成铁路线看秦岭红叶香山大不如 ······ 130

张力夫（北京）
　　浅山游归诗寄士海先生 ······ 131
　　冬　至 ······ 131
　　一萼红·湘湖八月 ······ 131

张小红（陕西汉中）
　　浣溪沙·秋游九寨沟 ······ 132
　　桂殿秋·人在那曲 ······ 133

张开瑰（甘肃康县）

　　江月晃重山·童趣之滚铁环 ………… 133

　　谢池春·柳岸即景 ………………… 134

张月宇（湖南桃江）

　　与朱兄同题山水图 ………………… 134

　　与朱兄同题海石图 ………………… 135

　　同碧湖诗社谒王湘绮墓分韵得犹字 ………… 135

张凤桥（河北丰宁）

　　山　行 ……………………………… 136

张传亮（山东潍坊）

　　旅京立秋 …………………………… 137

　　天坛公园听回音壁 ………………… 137

　　采桑子·瞻北京鲁迅故居 ………… 137

张青云（上海）

　　达州行吟 …………………………… 138

　　达川九龙湖放舟 …………………… 138

　　登达川真佛山，憩于德化寺 ……… 139

张金英（海南海口）

　　夜宿晶阳山庄听涛轩 ……………… 139

　　水调歌头·游瞿塘峡 ……………… 140

　　醉蓬莱·秋游九寨沟 ……………… 140

张春义(山西太原)
　　夜泊巫峡 ……………………………… 141
　　过龙泉寺 ……………………………… 141
　　长平之战遗址 ………………………… 141

张彦彬(湖南)
　　过沧浪河 ……………………………… 142
　　同永桢兄夜观憨墨堂主人作画 ……… 142
　　登昌平狮口崖 ………………………… 143

张艳娥(云南红河)
　　临江仙·海南 ………………………… 143
　　临江仙·太阳湾潜水 ………………… 144
　　临江仙·漫　歌 ……………………… 144

张智深(黑龙江哈尔滨)
　　中南大学两岸吟诵峰会有题 ………… 145
　　过孟姜女庙 …………………………… 145

陈　兴(福建福清)
　　湛山道上 ……………………………… 146
　　港边蟹乐 ……………………………… 146

陈　莹(湖北钟祥)
　　无　题 ………………………………… 147
　　临江仙·无题 ………………………… 147
　　己亥暮春杂怀 ………………………… 148

陈水根（浙江丽水）
　　己亥十月十六夜 ·················· 148
　　西江月·桐乡战友莅云 ··············· 148

陈仁德（重庆）
　　贺新郎·为庆祝澳门回归二十周年渝澳各十诗人
　　相约以两地景点命题创作余拈得朝天门因赋此 ··· 149
　　满江红·己亥人日与诸生登通远门城楼茗饮 ····· 150
　　水调歌头·赠周兄厚勇 ··············· 150

陈廷佑（北京）
　　初二登泰山 ····················· 151
　　越王台 ······················· 151

陈佐松（湖北武汉）
　　端午杂观与杂感 ·················· 152

陈初越（福建福州）
　　春　日 ······················· 153

陈泰灸（黑龙江肇东）
　　八里城怀古 ····················· 154
　　仲夏乐山访友偶得 ················· 154

陈植旺（广东汕头）
　　早　梅 ······················· 155
　　白露夜汕头东海岸凭栏 ··············· 155
　　冰　箱 ······················· 155

邵红霞（吉林长春）
　　算　盘 …………………………………… 156
武帅腾（重庆永川）
　　登箕山 …………………………………… 156
武立胜（北京）
　　盐城青春诗会与小诗友过大洋湾樱花园 …… 158
　　离别深圳与友沿深南大道至蛇口港 ………… 158
　　晨步桃花江畔 …………………………… 159
苗　海（加拿大温哥华）
　　桂枝香·除夕思乡曲 ……………………… 159
范东学（湖南临湘）
　　打工人辞家 ……………………………… 160
范诗银（北京）
　　满江红·钓鱼城怀古 ……………………… 160
范峻海（河北邢台）
　　王其和太极拳放歌 ……………………… 162
林　峰（北京）
　　常山江（宋诗之河） …………………… 164
　　鹧鸪天·流江河湿地公园 ………………… 164
　　临江仙·港珠澳大桥并贺新中国成立七十周年… 164
林丫头（上海）
　　近　春 …………………………………… 165

和逸卿姐听花榭新春即兴 ················· 165
林栀子（辽宁鞍山）
　　鹧鸪天·关门山赏枫 ··················· 166
　　点绛唇·青春感怀 ···················· 166
　　行香子·杏花吟 ····················· 166
昌纪学（河南信阳）
　　月夜宿老君山玻璃房 ··················· 167
　　晨曦中看老君山 ····················· 167
易　行（北京）
　　在狼牙山区采风惊闻警报声 ················ 168
　　驱车重访两次大地震后的九寨沟 ·············· 168
罗　辉（湖北武汉）
　　咏赞长江大保护（组词） ················· 169
岳宣义（北京）
　　天安门前观礼新中国成立七十周年阅兵 ·········· 170
　　鹧鸪天·蒲江摘樱桃 ··················· 170
　　沁园春·贺新中国成立七十周年 ·············· 171
金　中（陕西西安）
　　贺国庆七十周年 ····················· 171
　　瞻荆州万寿宝塔悼"九八"抗洪烈士李向群 ··· 172
金　锐（北京）
　　剑南道中 ························ 172

二陵 …………………………………… 173
　　青城山 ………………………………… 173
金嗣水（上海）
　　东　风 ………………………………… 174
　　郊原观鸿 ……………………………… 174
周　煜（四川彭州）
　　拜　师 ………………………………… 175
　　映涵饭店星空餐厅晚餐俯瞰日月潭得句 …… 175
周泽楷（广东潮州）
　　垃圾焚烧发电有感 …………………… 176
　　风车发电有感 ………………………… 176
　　蝶恋花 ………………………………… 176
周学锋（北京）
　　潜哨（新韵） ………………………… 177
　　军营口令 ……………………………… 177
　　网　军 ………………………………… 177
周胜辉（湖北麻城）
　　水调歌头·观菊有感 ………………… 178
　　念奴娇·闻一多先生祭 ……………… 178
周晓波（广东广州）
　　水调歌头·己亥年立春日游羊城迎春花市 … 179

周逢俊（北京）

  与诸乡贤登揽龙兴寺兼游仙人洞观花 ……… 179

  满庭芳·登烟雨楼 ……………………………… 180

  过居庸关怀古 …………………………………… 180

周啸天（四川成都）

  凤凰台上忆吹箫·九寨沟珍珠滩 …………… 181

  汉宫春·采风渠县 ……………………………… 182

周燕婷（广东广州）

  过都峤山玻璃桥步东坡赠邵道士韵 ………… 182

  八声甘州·春日醉根山房小住 ……………… 183

  高阳台·己亥暮春闻"翡吻翠"歇业心目相交

  不觉二十一年矣因题以赠智妙 ……………… 183

净　明（北京）

  蝶恋花·睡莲 …………………………………… 184

  念奴娇·咏雪用苏轼中秋原韵 ……………… 184

郑　力（河北邢台）

  登嵩山峻极峰 …………………………………… 185

  过五原 …………………………………………… 185

  渡海往涠洲岛 …………………………………… 186

郑永见（重庆）

  作词未得感怀 …………………………………… 186

登　高 ………………………………… 186
郑欣淼（北京）
　　蝶恋花 ………………………………… 187
　　水调歌头·咏苏州工业园区 ………… 187
　　南歌子·赠单霁翔同志 ……………… 188
郑雪峰（辽宁葫芦岛）
　　登马邑古城 …………………………… 188
　　重到溧阳南山竹海 …………………… 189
郎晓梅（辽宁凤城）
　　己亥新正回娘家 ……………………… 189
　　湖　边 ………………………………… 190
孟祥荣（广东）
　　小亭得雨 ……………………………… 190
　　如琴湖 ………………………………… 191
师　之（北京）
　　沁园春·汉字颂 ……………………… 191
　　水龙吟·《诗咏新中国——〈诗刊〉历年作品选》
　　出版座谈会感赋 ……………………… 192
　　沁园春·参加德国法兰克福书展有作 ……… 192
赵宝海（黑龙江哈尔滨）
　　游泰国珊瑚岛 ………………………… 193
　　嘉　秋 ………………………………… 193

夜　怀 …………………………………………… 194

胡　剑（江西九江）

己亥上元 ………………………………………… 194

胡　彭（北京）

与友人对韵 ……………………………………… 195

水调歌头・与荆门采风众词长泛舟漳河应命作水调忽念河南亦有漳河 ……………………… 195

鬲溪梅令・雨中访南京玄武诗社有慨转瞬二十五年矣，次白石道人韵 ……………………… 196

胡迎建（江西南昌）

罗浮山缅怀葛仙 ………………………………… 197

喊　泉 …………………………………………… 197

南广勋（北京）

【双调・殿前欢】日子 ………………………… 198

【中吕・朝天子】老爸老爸 …………………… 198

星　汉（新疆乌鲁木齐）

登建康赏心亭怀苏辛 …………………………… 199

进疆六十周年作 ………………………………… 199

惠州东坡故居 …………………………………… 199

钟振振（江苏南京）

登悉尼大桥观海日东升 ………………………… 200

悉尼歌剧院 …………………………………… 200
悉尼诗友所赠土仪如羊油蜂胶等，为机场安检
人员查没殆尽，戏成一绝 …………………… 201

段　维（湖北武汉）
老　家 ………………………………………… 201
浣溪沙·镜头 ………………………………… 201
浣溪沙·女儿香 ……………………………… 202

姚泉名（湖北武汉）
红安过秦基伟上将故居 ……………………… 202
过齐山次小杜韵 ……………………………… 203

秦　凤（湖北咸宁）
汉宫春·油菜花开 …………………………… 203
满江红·登鄂州西山 ………………………… 204
水调歌头·岁末见雪 ………………………… 204

袁瑞军（山西和顺）
鹧鸪天·冬入走马槽 ………………………… 205
水龙吟·秋怀 ………………………………… 205

耿立东（西藏拉萨）
夜驻昂仁郊外遇雨思归 ……………………… 206
赋得都匀山顶风车聊赠援藏诸友 …………… 206

莫真宝（北京）
己亥三月廿五日自星城存旧籍于朗州 ……… 207

己亥暮春返乡小住 ············ 207

　　己亥仲秋赴西安闻交通拥堵 ······ 208

贾来发（云南玉溪）

　　一剪梅·桃花山 ············ 208

　　行香子·夏日山游遇雨 ········ 209

　　桂枝香·登高抒怀 ··········· 209

贾清彬（河北保定）

　　荷　塘 ················· 210

　　保定军校广场点将台怀古 ······· 210

柴　良（山东寿光）

　　潍坊市诗联创作基地授牌仪式抒怀（新韵）··· 211

钱志熙（北京）

　　再游黄岳有咏 ············· 211

　　甘州道上 ················ 212

　　秋浦河行 ················ 212

倪健民（北京）

　　水调歌头·赞郭明义 ·········· 213

　　中　秋 ················· 213

　　登阿尔卑斯山 ············· 214

倪惠芳（江苏苏州）

　　秋夜思 ················· 214

晚　菊 ·················· 215

满庭芳·红豆山庄记游 ·············· 215

徐春林（江西修水）

咏修水皇菊 ················ 216

宝顶山拜佛 ················ 216

游布甲九椅山 ··············· 216

奚晓琳（吉林省吉林市）

旧折扇 ·················· 217

浣溪沙·向晚北山荷塘 ············ 217

翁寒春（香港）

回乡偶书 ················· 218

凌天明（江西赣州）

过马井 ·················· 219

春节后饮亲戚家 ·············· 219

酬魏总 ·················· 219

凌泽欣（重庆合川）

黔东南入苗寨所见 ············· 220

又到江北李花村 ·············· 220

过渠县汉阙 ················ 221

高　昌（北京）

寄袁剑军老友 ··············· 221

折腰体 ·················· 222

沁园春·顺唐巷4号 ············· 222

高卫华（河北徐水）
　　无　题 …………………………………… 223
高石春（湖北武汉）
　　己亥小雪日杂感 ……………………… 223
　　雨霖铃·听箫 …………………………… 224
　　临江仙·庐山乘索道 …………………… 224
高立元（北京）
　　过太行抒怀 …………………………… 225
　　老兵感怀 ……………………………… 225
高宏宇（吉林农安）
　　西江月·清明 …………………………… 226
　　十五道沟 ……………………………… 226
高咏志（辽宁彰武）
　　中秋值雨入夜方晴有作 ……………… 227
　　忆　中 ………………………………… 227
　　芳　林 ………………………………… 228
郭炼明（广西梧州）
　　九月廿五夜忆儿时 …………………… 228
　　过古典鸡农庄 ………………………… 229
　　他　归 ………………………………… 229
唐定坤（贵州贵阳）
　　老父割稻歌 …………………………… 230

唐颢宇（江苏南京）
　　山　风 ································ 231
　　读《己亥杂诗》 ······················· 231
　　夜梦读长吉诗与诗中幽冥遇书以赠之醒尚能忆
　　其半记之足成 ························ 232

黄金辉（湖北武汉）
　　大树一叶——新中国同龄人感怀 ········· 232
　　金桂迟开有作 ························ 233
　　贺新郎·引江济汉 ····················· 233

黄海涛（江苏高邮）
　　闻凉山森林大火致英雄 ················ 234
　　残　荷 ······························ 234

梅明观（江苏苏州）
　　黄家溪 ······························ 235
　　天平山赏枫 ·························· 235
　　李坑游记 ···························· 236

曹　旭（上海）
　　南禅寺听雨 ·························· 236
　　赠　人 ······························ 236

曹　辉（辽宁营口）
　　西江月·顽铁 ························ 237

题牛背酣睡图 ……………………… 237
曹初阳（江西九江）
　　己亥秋日九寨沟采风 ………………… 238
　　游南岳紫盖峰感吟 …………………… 238
崔　杰（天津）
　　秋　园 ………………………………… 239
　　春　游 ………………………………… 239
崔　鲲（湖北武汉）
　　恩施野三峡俯瞰 ……………………… 240
　　采桑子·雪与优昙 …………………… 240
　　画堂春·铿锵玫瑰 …………………… 240
崔德煌（江西九江）
　　游东、西林寺别方伟公并白云瑞诗友 ……… 241
　　陪方伟、半隐庐、抱扑书生三公游周瑜点将台 … 241
康丕耀（内蒙古包头）
　　上元前夜咏雪（选三） ……………… 242
梁剑章（河北石家庄）
　　题柳编展览馆 ………………………… 244
　　满江红·瞻仰蚩尤陵 ………………… 244
　　水调歌头·登罗浮山 ………………… 245
葛　勇（重庆）
　　窹堂兄过金陵 ………………………… 245

元　夕 …………………………………… 246

蝶恋花·临别与傻姑小坐 ………………… 246

董　澍（北京）

自北京经北极之麻省访问北京协和医学院海外校友会

…………………………………………… 247

望朝鲜 ……………………………………… 247

观中国银联微广告《大唐西域最后转账》有感 … 247

蒋世鸿（河南信阳）

临思鲁阁瞻孔子画像碑，像传为吴道子所画 … 248

上天童山 …………………………………… 249

绮罗香·媚香楼 …………………………… 249

韩宝汇（山东济南）

陌上花开 …………………………………… 250

定风波·家添二宝有感 …………………… 250

韩勇建（河南信阳）

雪　梅 ……………………………………… 251

小区即景 …………………………………… 251

韩倚云（北京）

智能 3D 雕像技术 ………………………… 252

西江月·余设计某款机器人，人言貌类小儿，

小儿闻之不悦 ………………………… 252

重庆大学与同行师兄诸人茶话 ………… 253

韩　晶（北京）
　　念奴娇·咏雪 ………………………………… 253
朝　颜（江西赣州）
　　月　河 ………………………………………… 254
　　南　湖 ………………………………………… 254
程　皎（云南文山）
　　席　间 ………………………………………… 255
　　己亥腊月十五山友设年饭召饮，席散步月归泛园，
　　夜共外子茗叙，次晨旋别 …………………… 255
　　冬夜归泛园庭芜不剪如入聊斋画境有记 …… 256
程良宝（陕西延安）
　　吟诗感赋 ……………………………………… 256
　　古城看秋 ……………………………………… 257
　　鹧鸪天·秋怀 ………………………………… 257
曾俊甫（湖南新化）
　　小区林荫道 …………………………………… 258
　　过惠山阿炳墓 ………………………………… 258
　　晨起与陈芳食榴莲 …………………………… 259
曾新友（广东清远）
　　进站加油 ……………………………………… 259
　　植　树 ………………………………………… 259

谢南容（重庆永川）
　　石笋山 ……………………………………… 260
　　孟春游江津石门樱花村 ……………… 260
楚家冲（湖南岳阳）
　　登鹅形山 …………………………………… 261
赖明汉（湖南浏阳）
　　放学路上 …………………………………… 262
蔡正辉（湖北武汉）
　　游水镜庄有感 ……………………………… 263
蔡世平（北京）
　　清平乐·河伯 ……………………………… 263
　　临江仙·"非典"续记 …………………… 264
蔡有林（重庆永川）
　　游鲁院问道园 ……………………………… 265
　　石笋情山 …………………………………… 265
裴道铭（江西九江）
　　滧天河水库 ………………………………… 266
　　凤凰花开 …………………………………… 266
廖志斌（江西赣州）
　　村邻往事 …………………………………… 267
廖振福（上海）
　　饮　酒 ……………………………………… 268

谭小香（湖南益阳）
　　游农业生态园 ································ 269
　　春 ······································· 269
熊东遨（广东广州）
　　重访徐州 ·································· 270
　　定风波·春日乡居 ·························· 270
　　重阳后一日龙山寻孟嘉登高处其地因多年采石已成洼坑 ······························ 271
慧　心（北京）
　　满庭芳·贤普堂写诗有感 ···················· 271
　　满庭芳·虚岁四十八贱辰初度 ················ 272
樊　令（贵州毕节）
　　为柴柴庆生自姚赴鄞车中先寄 ·············· 272
　　水调歌头 ·································· 273
潘　泓（北京）
　　诉衷情·蜗牛 ······························ 273
　　金缕曲·听《红蜻蜓》······················ 274
潘乐乐（安徽合肥）
　　阳　产 ···································· 274
　　重过宏村简大学数同窗 ······················ 275
　　鄂尔多斯道中口占 ·························· 275

潘闰苗（山西沁水）

登浔阳楼 …………………………………… 276

夜访石楼寺 ………………………………… 276

戴庆生（江西南昌）

公园弈棋角观棋偶得 ……………………… 277

戍边战士日记（新韵） …………………… 277

初春乘摇橹船游周庄 ……………………… 277

戴根华（苏州吴江）

乘　凉 ……………………………………… 278

台风过境后 ………………………………… 278

魏暑临（天津）

观吴玉如先生书法展后抒怀并寄田正宪馆长 … 279

定风波·题曾子维先生画黄山二景（选一，并序）
………………………………………… 279

魏新河（北京）

幽州村感怀 ………………………………… 280

湘月·仲夏之望前夕舟游笠泽，归作五湖泛月图，题此奉酬唤梦词社四十期社课 ……… 281

东坡引·己亥展重阳前二日偕我瞻室谒藤花旧馆东坡谢世处依稼轩体 ………………… 281

丁　昊（浙江杭州）

秦陵兵马俑

酆城阵甲势嵯峨，十万春秋任洗磨。
为奉丹墀帝王诏，至今不敢卸金戈。

长安送友之金陵

灯势深深朔气盘，长衢暮影敛秋宽。
倾城人海谁堪饮，满市风烟只自看。
折柳终怜君去急，放杯默感岁将阑。
计程回首淹留处，一十三朝玉殿寒。

高阳台·西湖秋晚

暮雨添漪，堤痕涨碧，斜风做水成烟。浦影萧疏，新寒已到眉边。湖山不放游人去，弄垂杨，好系归舡。渺黄昏，断岭层云，海市江天。

客中惯问君消息，是霜来节气，醒后樽前。一样蝉声，流光似减清欢。听宵听夜俱如草，算而今，事已阑珊。任秋潮，料峭平生，几度经年。

丁　欣（江苏溧阳）

巴山云漫山庄

层层嶂立又峰攒，都到楼头不肯还。
何敢与论山气度，一时静坐只看山。

初阳庐山邀聚春雨楼闻乐者王哥吹尺八

重阁潇潇暮雨时，名山深处共瑶厄。
宝蓝夜映龙潭净，粉白花开牯岭迟。

入袖松风汲江海,当胸云气吐兰芝。
酒阑有客弄箫管,听得一声成大痴。

鹧鸪天·怀养由基兼赠荆门驻军

大羽雕弓想养由,阵前一箭领貔貅。控弦影落云中鹳,飞镝声惊塞上秋。

雄气在,壮心遒,而今大纛孰能侔?荆门九派旌旗动,十万军声隐此州。

丁进校(河北邢台)

客居泉口村

一抹斜晖照客窗,惯持鹅管觅闲章。
暖风虽绽千般绿,寒雨仍催万点凉。

忆旧时时噌气短,思今每每怨情长。
道旁古树虬枝展,独看孤村入渺茫。

乔迁记

每叹无缘纵两眸,焉知皤首住云楼。
莺鸣近紫疏窗外,山点遥红一览收。
或谓乔迁归大喜,何忧囊内数年羞。
而今终有凭栏处,把盏高吟好个秋!

咏　怀

乌飞兔走又逢秋,飒飒金风登小楼。
菊韵可添诗韵雅,书香不掩墨香幽。
新闻频顾南天雾,百度时搜孟晚舟。
惟愿暮年潇洒过,吟哦何必总言愁。

丁海军（北京）

携小女游北戴河

霞飞潮退返程临，女恋沙滩仍自寻。
小手捡来花贝壳，说能常听海声音。

北京飞澳洲一夜秋春换季

昨夜京城落叶纷，今朝南澳百花新。
大洋赤道梦中过，一觉醒来追上春。

了 凡(上海)

五十抒怀

我生今半百,枉度许多春。
诗界平庸客,商潮疲弊身。
做人犹厚道,处世苦天真。
伏枥空言志,不如期弄孙。

鹊踏枝·情和爱——乞巧节凑趣

情是云间红月亮。情是岩茶,情是山楂酱。情是醉人甜酒酿,个中滋味酣难忘。

爱也如花当怒放。爱也无它,爱也无须让。爱也从来难抵抗,深深占据心头上。

万俊人(北京)

齐天乐·致清华人文校友词

春风未改依杨柳,乡愁总在离后。卧岗碑铭,荷塘月色,梦里如约回首。藤萝石上,是夫子行吟,紫光雕镂。百载赓接,凤凰浴火学衡寿。

沧桑殊堪把酒,对青丝白鬓,星座云岫。一束芬芳,三声问候,几度呜咽湿透。清华水木,满眼燕归来,盛时天佑。与汝干杯,为人文不朽。

"我与《读书》四十年"随笔有怀

创刊复学幸童年,四十春秋闹市边。
笔底轻风云上鹤,亭间老窖酒中仙。
真言不辱千秋史,淡墨无痕满眼天。
胜读从来言外意,文心敢奉少卿前。

马　犟（宁夏银川）

鹧鸪天·戊戌清明遇大雪即景

节到清明天亦垂，远山隐隐动愁眉。鸥衔断羽汀头立，雪卷梨花岭上飞。

风骤冷，减芳菲，欲将春恨说同谁？回看烟霭溟濛处，一线斜阳弄晚晖。

一剪梅·春分

一半春光分付谁？陌上犹寒，未见芳菲。碧空鸢影傍云飞，杨柳梢头，燕子来窥。

渌水波平鸥正回，客也思归，梦也思归。物华春意不堪违，微雨沾枝，杏子将肥。

满庭芳·游镇北堡影视城兼怀张贤亮先生

远岫流云,碧天斜雁,影城雨霁秋晴。颓垣残照,风起响驼铃。月亮门前院落,酒旗卷,香雾倾城。疏林畔,花签玉篆,几处画廊横。

银屏,经此地,星光花雨,极目堪惊。看剑鸣古堡,龙跃青冥。更忆古城旧主,施妙手,引凤来鸣。人何在?轻烟蔓草,新月又盈盈。

马飞骧(北京)

水调歌头·拙著《诗经缵绎》出版

风雅问谁作?得失寸心知。圣贤谋道忘忧,发愤以为诗。三百无邪见志,六义无方称体,四始举纲维。夙夜于基命,继序我皇之。

礼而立，乐而成，戒为师。观夫美刺群怨，振古莫如兹。殷鉴聿修厥德，帝则宣昭义问，物则乃攸归。敦琢应匪懈，篆竹自猗猗。

念奴娇·十渡孤山寨

偷闲度远，向孤山深处，烟霏云集。红叶凋霜凝叠嶂，青涧寒流沉璧。火柿枝头，瓜藤屋畔，人物同秋色。天分一线，莫知谁嘱斧劈。

世事亿万斯年，屡经桑海，风月浑无迹。几度劫波成十渡，老了茫茫过客。三代高危，十方幽冷，坐此空山寂。我来凭吊，后之来者何适？

马骏祥(北京)

鹧鸪天·缅怀大庆油田铁人王进喜同志

幸遇天开岁月新,赤贫汉子庆翻身。扬眉吐气舒筋骨,为国分忧历苦辛。

奔大庆,树奇勋,献油拼命见精神。毛周亲握英雄手,温暖万千王铁人!

注:毛周,毛主席、周总理省称。

铁人王进喜生前豪言壮语:"宁肯少活二十年,拼命也要拿下大油田"!

怀念汉字激光照排发明人王选院士

照排革命宇寰惊,"当代毕昇"扬美名。
铅火从今成故旧,电光自此任纵横。
有家有国皆分惠,无报无书不领情。
功业千秋王院士,炎黄印刷又先行!

小暑日与柴桑晨崧先生寻访京西马致远故居

文坛俯视百千家,一曲秋思天净沙。
倦矣宦途鞭瘦马,悠哉古树听暝鸦。
小桥流水情无限,明月清风景不奢。
犹见东篱尘外客,招邀野老话桑麻。

王子江（北京）

昆木加哨所（二首）

读人民网 2019 年 7 月 9 日,《这"两百多个第一"背后,不止是"极地黑"》一文,深深被西藏边防官兵的事迹所打动,有作。

夜里哨兵

明月凄凄悲断肠,绵绵雪域夜缺光。
寒风退去无声色,唯见军人在换枪。

巡逻路上

白毛风起路茫茫,一杆红旗向远方。
战士时将欠条写,几斤冰雪做干粮。

王文中(内蒙古鄂尔多斯市)

雨后鄂尔多斯高原行

旷野起波澜,车行直道宽。
风清山草绿,雨霁露花丹。
寄韵吟湖水,开襟立石峦。
心随天地阔,情在白云端。

登神木西山长城卧虎寨

蜿蜒山寂寂,卧虎寨森森。
砖剥泥墙立,词镌石匾吟。
烟墩无号火,壮士匿长林。
千载从容站,拳拳万里心。

王亚平(云南红河)

八声甘州·听风楼

云南蒙自南湖颐园,宋周敦颐后裔柏斋先生之宅第也。一九三八年间,西南联大为避倭西迁,设商法文学院于南湖之滨,柏斋先生揖让颐园楼阁供联大女学生下榻,遂更名为听风楼焉。噫!听风楼!其非陆放翁"夜阑卧听风吹雨"之遗响也欤……

唱共将血肉筑长城,怆然哭卢沟。恨哀鸿遍野,山河破碎,草木都愁。梦里冰河铁马,有泪冷难收。

一片秦淮月,高挂云楼。

且把放翁健句,趁夜阑题柱,与子同仇。念松花江上,翅鼓白沙鸥。对孤灯、忍听风雨;倚栏望、苍莽是神州。闻鸡起、挽雕弓满,猎取寒秋。

八声甘州·重登秀山

秀山屏障通海城南,名在云南四大名山之列。佛寺星罗,道观棋布,四季花红,古木参天,层台耸翠,飞阁流丹。山脚原接杞湖,湖方百里,烟波浩渺,颇便渔商。今湖面枯萎,鱼龙沉寂,遥不可睹。秀山之天镜楼与海月楼等,已同虚设矣……

更歌呼踏访趁秋高,落木正萧萧。叹清凉台上,山茶似火,艳压溪桥。海月楼边风爽,拍梦起松涛。健句真坚挺:红不肯凋。

试叩苍苍宋柏,听年轮声转,汹涌如潮。羡徐杨妙笔,墨泼彩云飘。碧螺杯、细斟禅悟;且偷闲、小坐读离骚。荼蘼酒、共婵娟醉,都是花妖。

八声甘州·经丽江过香格里拉

叹奇才剑客半凋零,追梦到云涯。正泸沽湖上,湛然秋水,苍翠笼沙。直上冰峰题壁,笔落迅雷挝。歌哭情人谷,风雨交加。

欲会射雕好手,过三千海拔,香格里拉。看姑娘卓玛,舞动满天霞。月蓝蓝、经幡飘拂;古道边、取火试新茶。呀拉索、喝青稞酒,唱格桑花。

王守仁(内蒙古通辽)

沁园春·梦约燕山雅集

琐事羁身,诗心难困,与雁同归。梦亓关残堞,寒云冷月;古道荒沙,秋草芳蕤。乱石生烟,雄关嘶马,七子缚巾披甲衣。狂吟处,共裁笺分韵,热泪横飞。

邀来共品村炊。浮大白,烹羔野鲤肥。有朱边两友,谈经论道;马温二士,招鹤画梅。何李悠闲,长歌击案,此刻风流问有谁? 稍遗憾,若翩翩舞袖,独少蛾眉!

水调歌头·神游亓莲关

古木生芳草,乱石涌清流。登临绝顶,寒鸦断壁惹闲愁。半岭苍云雁影,几处荒村晚炊,点点入星眸。一抹残阳血,难得染白头。

歌汉魏,吟唐宋,写春秋。当年将士,铸剑熔铁化骷髅。瘠坡耕深厚土,边塞繁荣商旅,邀我做神游。浊酒倾杯醉,诗好予君留。

乌斯吐自然保护区植树吟

一路风光入眼迷,空林寂静鸟声稀。
榆钱难买当垆醉,松影任他坨顶移。

落尽浮华青杏小,初萌希望紫芽齐。
我朝幼柏借文字,数首新诗垄上题。

王改正(北京)

观看新中国成立七十周年阅兵即颂

湛湛蓝天下,十四亿人民盛典;爽爽金风里,七十年国运兴隆。金水桥边,都仰望英明领袖;纪念碑前,共追思壮烈英雄。中流有砥柱,时代生发壮气;九域起狂飚,铿锵步履峥嵘。青春战士,争当填海精卫;各路英贤,都是移山愚公。吾侪老矣,世事昌荣。写真诚文藻,书旷放心胸。饮酒读汉书,感慨终军拍案;登高诵周雅,学习老杜吟哼。乃雀跃欢呼,倾诉诗情也。诗曰:

广场人群已沸腾,三军战列展雄风。
忠贞写满风云路,壮烈充盈陆海空。
纪念碑前思往事,天安门上忆征程。
旌旗染透先贤血,都在家国梦里红。

念奴娇·新中国成立七十周年感赋

命数荣枯，七十年已是古稀；家国步履，七十载方临盛季。风雨兼程，开天辟地何难；潮翻浪卷，治世安邦不易。悠悠岁月，天灾人祸多多；荡荡乾坤，圣手贤才济济。狮吼大神州，更追求久视长生；龙腾新时代，从未忘培根固柢。情接两岸，都有故里情怀。感念同胞，堪称阋墙兄弟。期十四亿人民，齐心描绘江山锦绣图；盼五大洲朋友，联手结成命运共同体。振兴华夏，唯处处祥和之民生；缔造和平，喜蒸蒸奋进之国力。大道之行矣，强国之伟业昭昭；民族之命也，旗帜之光辉熠熠。乃记我社稷之幽思，吟咏江山之志意也。词曰：

七十寒暑，到而今，可要知新温故。二百年来风雨酷，血泪江山黎庶。筑梦南湖，进京赶考，踏遍荆棘路。几多艰险，斩关夺隘飞渡。

时代浪卷新潮，改革开放，处处春雷鼓。八万里天涯海角，扫尽腐烟浊雾。理想非遥，乾坤再造，绿满炎黄土。此生何幸，故国天地翻覆。

百里新长安赋

浩荡东风,巨轮正劈波斩浪;崭新时代,中华逢盛世昌荣。前途壮阔,领袖加油掌舵;梦想非遥,人民奋进攀登。辉煌文化传承,自信千秋龙脉;烂漫春天来到,神思万里征程。四十年改革开放,初心是江山锦绣;十三亿尧天舜地,愿望是物阜年丰。春雨祥和,阴霾就要散尽;朝霞灿烂,旗帜永远鲜红。我心为之震动,诗情不断翻腾。乃长歌以记感发也。诗曰:

百里长安万木春,中南海水碧粼粼。
卢沟桥忆民族恨,世纪坛思社稷尊。
圆月清辉复兴路,朝霞温暖建国门,
无边胜景新时代,幸有英明掌舵人。

王国钦（河南郑州）

祝福祖国七十寿诞

人生七十古来稀，七十中华带笑飞。
好酒金杯家国梦，群星皓月两依依。

鄂豫皖三省四市"大别山诗词大会"感怀

大别群山正弄潮，长歌一曲桂香飘。
胸怀使命争春暖，手捧初心鼓凤箫。
盛世图开脱贫路，小康梦架富民桥。
秋来远望霜枫赤，那是红军把手招。

恭和香港施学概先生《东江水吟》

一脉渊源家国情，当年理水忆乡程。
东方珠恨殖民史，华夏梦回不夜城。

欣见腾飞龙凤舞,厌闻蹈跃井蛙鸣。
金瓯恪固千秋在,携手香江拂月明。

王学新(河北石家庄)

江竹筠殉难感赋

高台移步心沉重,拜谒英灵几动情。
牢底煎熬思旭日,严刑逼问放歌声。
绣旗自有丹心在,破夜甘教碧血倾。
大义捐躯神鬼泣,红梅一曲感苍生。

漫步兰亭

盛名千载久垂青,墨海痴迷几忘形。
曲水鳞波留胜迹,群贤荟萃话兰亭。

鹅池胜览三江水,古道新描四扇屏。
五色修成须悟道,亦如西域取真经。

林觉民故居

雕像自从容,悠然入梦中。
华年存壮志,英气贯长虹。
辛亥当人杰,刑场亦鬼雄。
三民主义在,昂首笑刀丛。

王建强(河北栾城)

清平乐

韶华渐老,酒力年年少。想着重逢都挺好,何况县城小小。

赠君手植幽兰,算来十二三年。梦里当时常见,而今连梦都难。

无 题

娘亲七十三,枯手缝鞋袜。
忽罢手中针,怜儿生白发。

老 宅

雀散井边树,燕归梁上家。
新芽旧柿蒂,如见去年花。

王品科（江西九江）

暮春过湖口石钟山·调寄《蝶恋花》

花褪残红梅子小。风雨来时，花落知多少？开到荼蘼花事了，子规泣血莺声老。

故垒西边叹草草。陈寇朱王，都付斜阳照。东去大江流浩浩，英雄淘尽烟波渺。

王禹同（辽宁锦州）

春游瘦西湖

雨中打桨最销魂，歌板青衫劝酒樽。
又向春波桥下过，小桃初发水西门。

庐山黄龙潭

奔山到此止,一潭惬游径。风来不知方,涤荡觉神定。寒秋形自朗,深浅无隐映。尘景移黄昏,飞鸟下青镜。安得终年居,瀑石长抱胫。明朝落世网,痴狂以为病。

罗世德兄邀至油石乡

千岭盘一车,渐入上犹县。远道有至情,鸡黍开山宴。芭蕉高窥人,云杉挺霄箭。初冬无霜风,日午思清扇。到门呼小妹,三五坐竹院。引我拜老翁,叔舅相识面。阿母亲抱柴,阿爷端羹饭。灿米浸生盐,汗头堆盘荐。我如坐故家,尽洗寒旅倦。已觉山海珍,至此不足羡。扪腹倚新轩,展目延碧甸。幽嶂收楚天,沧波垂吴练。厚谊何以答,囊诗付君砚。

注:罗兄为赣州师范书法教师。

王晓春（四川遂宁）

村　居

溪边四五家，童叟度年华。
树上黄鹂鸟，田头荠菜花。
春风撩杏李，纸鸢逐云霞。
画地为棋局，消闲盖碗茶。

和清影兄江上行

春水初生移画船，渔歌一曲出轻烟。
桃花灼灼铺红锦，白鹭翩翩映碧天。
摇曳荷苞邀蝶舞，悠游蝌蚪惹人怜。
三杯饮罢相依傍，旖旎风光正可眠。

满江红·玉米移栽

满眼春光,桃李外、嵌黄镶绿。还赠我、一畦娇嫩,醉心如瀑。未负苍黄双茧手,休言白发多诚笃。趁新晴,布阵又排兵,鹃声促。

田与土,香馥郁。经与纬,遵格局。看行行青玉,断还相续。笑我痴情陶令老,要他丰稔扶贫屋。待秋来,一坝晒金黄,心方足。

王海亮(河北石家庄)

元　宵

一泓春水雪团团,自煮尘嚣御小寒。
云雾纷遮虚幻镜,鱼龙竞破寂寥天。
俱从沸鼎浮沉久,谁解冰心俯仰难。
甘苦经年滋味足,几重烟火是人间。

生辰自题

每及生朝祝一词,花开花谢两由之。
无端烟雨留春晚,有限光华入梦迟。
最好襟期情若海,多歧世路鬓如丝。
飘萍芥子乾坤大,未老天真只自知。

豆腐歌

三月种菽豆,五月苗成行。七月豆累累,九月采盈筐。豆圆如老茧,跳脱似儿郎。秋阳晒温暖,井水浸清凉。反复淘还漉,济济容一堂。缓缓旋石磨,汩汩出琼浆。大火沸如海,小火渐汤汤。卤水咸且苦,一线点苍茫。团团得新生,莹莹白月光。罗布层层裹,嫩鲜细细藏。笑意浮眉眼,汗水透衣裳。推门复见月,不觉五更长。小车出巷去,深辙九回肠。

王海娜（北京）

九寨沟行

倾情漂碧向层峦，野径心弦别样弹。
俶尔锦鳞嬉倒木，怡然翠蔓荡秋千。
数枚彩叶拼成海，一瀑珍珠撒作滩。
疑是庄生梦游处，时观仙蝶大如盘。

碧瑶山庄逢三角梅

荒野山坡烂漫生，不凭香气亦闻名。
太阳红透二维码，春色喂肥三角形。
当路相逢尤可爱，夺天造化岂能争。
如霞身影梦曾见，几世人间修得成？

摊破浣溪沙·登清水转角楼烽火台

绵亘苍凉坎岭奢。时间读懂一龙蛇。黄土秋风贴莺语，几株花。

榆塞墩台枯已久，当年烽火尽成痂。凝望尘烟唯记取，半抔沙。

王悦笛（北京）

野马与骑手

冀之野，留良有马。绝鞍辔，高嘶秋天下。人言龙性矫矫，神不可羁。公无犯难，我竟乘骑。乘骑坠死，骨肉支离。形或伤其运，影或悲其尽，魂钟野马无已时。魂脱其身，身化为粪土。土沃芳草，明春发栩栩。蹄践复齿啮，辗转入肠腑。以死寄生中，谁能别我汝。

王崇庆（湖北荆州）

沁园春·吉安

赏吉州窑，登文星塔，访进士街。有赣江风月，供人啸傲；螺湖烟雨，洗我襟怀。史酿名城，诗铺古巷，缕缕乡愁难剪裁。栏杆倚，看朱荷起舞，白鹭飞来。

波光云影亭台，叹生态和谐至美哉。羡绿茶黄柚，山峦披锦；青虾金稻，阡陌堆财。众水拖蓝，群峰泼黛，红色摇篮画卷开。花争艳，正心生眷念，梦入蓬莱。

神农架访香溪源，分韵得"一"字

小径荦确藤萝密，粗如大蟒纤如笔。藤缠古树枝干绕，苍翠森森难见日。云上山峰峻岭横，地下暗河奔流疾。注壑清泉声汨汨，飞湍万钧夺路出。熊咆龙吟吼似雷，银涛雪浪心魂慄。溪中巨石貌神奇，虎踞狮蹲谁敢叱？喷雨崩珠寒气凝，虹争蛟战何时毕？回旋荡漾半成霞，天光水色合为一。岩挡溪转路蜿蜒，蔓草青青长过膝。金色山花纷烂漫，芬芳空气丝丝蜜。粉红水母碧波穿，精灵起舞真飘逸。均道昭君脂粉染，夭桃艳杏安能匹？香溪锦绣豁双眸，嗟此明珠光彩溢。但愿生态人人护，子孙万代不能失！

王震宇（辽宁葫芦岛）

己亥大雪节同徐长鸿过北镇庙寻翠云屏

岁杪霜雪围鬓边，百里驱车如乘船，游屐更费酒家钱，脸酡语妙酣清筵，得诗有味莫敢传，松柏夭矫龙嘘烟，黄瓦红墙出雕椽，到门稽首礼方虔，突兀一峰掷眼前，藓蚀苔封碧色鲜，闻说弃从娲皇天，不垢不净方熟眠，斑驳略识万历镌，何为来者逃世仙，徘徊瞻望歌遗篇，应诧归辽双鹤翩，一顾一笑相拍肩,更呼大斗倾鸣泉,麻姑都忘海桑迁,铁函心史自纪年。

奉题新河词家五湖泛月图

半生初识太湖水,一棹荡入水云里。今夕云敛月正圆,月色湖光相映美。今夕执手酒意酣,今夕倾心二三子。今夕如何酹明月?席卷江山有如此。别来凭君成斯图,有非有兮无非无,要君他日还相呼。

夜　归

影壁峰头老蕨薇,连山河畔夜寒微。
不知大梦谁先觉?漫咏新诗我自归。
华灯烁烁飘青雾,落叶丁丁打褐衣。
四五尺深秋在水,过桥小立钓鱼矶。

无　心（北京）

满江红·己亥寒露

　　寒露重来，湖山冷，薄霜生瓦。云天淡，蓼烟秋叶，游羁清野。山外音书凭寄雁，沙汀是夜成新舍。却难说，那一点相思，无人把。

　　输赢否？由它写。炎凉事，浑新话。这皮囊看了，几番真假。说甚前尘和这世，繁华一转空花乍。独坐处，对影亦成三，孤灯下。

贺新郎·孤单

　　趺坐无人管。纸窗低，贴花一阙，是谁心眼？时有青萝垂窗户，几颗细芽重见。正错落，清香未满。梦醒那回云聚散，指梅笺，或尔横青管。灯花暗，无由剪。

　　南窗月影新催唤。夜风来，特地檀香，杳然孤苑。倏忽之间真静了，知不光阴变幻。漫剩得，一桩慵懒。笔底浮华多泡影,看电光,拍手歌深浅。新落叶,添清盏。

金缕曲·冰花

磨洗晶莹样。琢清寒,者般颜色,冬风吹涨。谁把玲珑新盈动,春在寒中遥望。更几夜,身前轻放。檐角月芽闲到岭,便重来,犹是琉璃状。遍思量,梦无两。

人间万朵繁华相。却言它,光阴一转,了无凭仗。辜负生涯空空影,六度门前无妄。剩几册,冰笺暗长。瘦骨琐窗三分冷,更七分,付与尘烟上。犹抚掌,月边唱。

韦树定（北京）

己亥十一月初九夜北京西站送老母返桂

一

居京大不易，母子慨然慨。母才居数月，子已客八载。春秋谋稻粱，风雪日弗怠。子壮母渐衰，哪能割养爱。赁居同一檐，终夕见影背。计拙两困顿，屋小气幽晦。壮心日消沉，反哺力不逮。站台送母归，背影望安在？寒风吞声歌，消失在人海。

二

人子三十二，人母五十九。壮者不如人，老者日衰朽。子愿母成钢，母催子娶妇。想法益偏颇，代沟益牢久。一触即纷争，那得钳两口。嚷嚷同数月，此夕终挥手。各自归沉寂，无净亦无垢。壮怀聊复尔，天命知何有？

三

岁晚北风疾,游目站台间。生民各奔波,碌碌未息肩。灯影照出入,车声正喧阗。国家日强盛,吾道属艰难。欲与母同归,那忍独蹒跚。又思脱贫计,那忍弃攻坚。徘徊不能去,我心如膏煎。

水含笑(辽宁本溪)

喝火令·五女山风光

雾锁巅峰秀,禽鸣小径幽。草丰林茂豁人眸。春夏百花争艳,枫色染金秋。

放眼山如黛,桓龙碧水柔。几多遗迹数风流。叹那玄机,叹那古城楼,叹那太极八卦,美景醉心头。

月怀玉（河北燕郊）

沁园春·勿忘我

勿忘我的名称来自一个悲剧性的爱情故事。相传一位德国骑士跟他的恋人散步在多瑙河畔。散步途中看见河畔绽放着蓝色的小花。骑士不顾生命危险探身摘花，却不料失足掉入急流中。自知无法获救的骑士说了一句"别忘记我！"，便把那朵蓝色的花朵扔向恋人，随即消失在水中。此后骑士的恋人日夜将蓝色小花戴在发际，以显示对爱人的不忘与忠贞。而那朵蓝色花朵，便因此被称作"勿忘我"，其花语便是"不要忘记我""真实的爱"。

一霎微风，一萼溪湄，一脉暗香。是苍苍寒水，染成深靛？泠泠烟月，匀出娇黄？莫问前缘，莫窥旧梦，怕忆当年更断肠。如今只，记那人耳畔，婉语绵长。

临波不敢端详。叹誓约何曾点滴忘。便无情秋信，黯然骨蚀，悲彻雪意，缓释调忘。弹指芳菲，流光电转，身任飘零到八荒。将心底，把君颜烙印，世世珍藏。

蝶恋花·鸢尾花

鸢尾花属于菖蒲科,鸢尾花的花语是"华丽"。受到这种花祝福而生的人,多才多艺。不过也有见异思迁的倾向。

爱有轻香斜照祭。问取今来,可有春归意?相压相扶偎碧水。波光幻出朦胧紫。

雾碍烟笼真妩媚。摇曳风前,朝暮为谁俟?莫使情怀输梦矣。多情转做无情子。

鹧鸪天·悼友

荒陌昏鸦不忍啼,朔风冷雨两悲凄。欢颜每是君来和,私语今从谁与知?

情缱绻,泪参差。已乏词可写相思。笔花或共浮生逝,唯有伤心无绝期。

方　伟（河南信阳）

汉　口

山雾江云入莽苍，百年世事已多忘。
唯知有岁名辛亥，曾听枪声出武昌。

临江仙·麻城别谢炳铭、周路平二弟

十载神交今始见，那堪别也匆匆。站前挥手向春风，转身成背影，消失在人丛。

桑下已生三宿恋，此时心境应同。光黄古道绿如葱，还将鸡黍约，相待信阳东。

满江红·黄鹤楼前

黄鹤楼前，依前是，大江空阔。人与语，话题不过，仙人黄鹤。千古争雄人不见，一时怀古人如约。看江边,谁更立苍茫?吟诗客。

新秋近,黄叶落,天际看,江云黑。剩江山容我,趁闲评说。黄祖祢衡刀莫举,青莲崔颢笔休搁。便从今,江水不横流,英雄血。

孔长河(山西晋城)

夜宿蟒河

郁郁三春叶,疏疏几点灯。
雨余山尽睡,唯有瀑流声。

注:郁郁:香气浓盛,这里指雨后树叶发出的香味。

忆少年·游园

飘零何遽,红英铺地,碧波浮雪。春芳尚余几?纵春情难歇。

未若当初花遍折,不堪听、杜鹃啼彻。新林转深翠,只牡丹初发。

孔祥庚(云南玉溪)

鹧鸪天·咏建水古城

鹧鸪天·东门楼

旭日总将楼抹红,还来春燕嫁东风。优游沧海尘嚣外,旋绕云梁霞宇中。

登极顶,撞金钟,当年威武荡长空。一门雄镇南疆固,十万旌旗寄寸衷。

鹧鸪天·古民居

小巷闲游入院中,茶香酒艳座无空。草芽豆腐家常菜,古调新词警世钟。

谈国事,议民风,投缘同事总相逢。有人夕死难闻道,莫逆之交唯奉公。

鹧鸪天·指林寺

月上元砖宋瓦隅,堂中独览旧碑图。久传神鹿青云去,后有先民福地居。

追往事,莫糊涂,苍天待物不亲疏。百般贪取终冥路,历尽艰辛是坦途。

巴晓芳（湖北武汉）

怀天眼之父南仁东

浩瀚星空总费猜，南公只手起惊雷。
光年百亿通天问，巨眼千寻望信回。
人马座须搜黑洞，麒麟阁待煮青梅。
请看一宿东山上，应是先生探月来。

题江汉运河

九派荆门孰与俦？天桥次第伴行舟。
柳丝沿岸风吹画，雪浪躬身虹吸抽。
万里长江犹北指，一腔惆怅可东流。
山河且作重勾勒，何事堪为心上秋？

瞻开封包公祠

门前车马岸边船,涌向包祠仔细看。
三口铡刀龙虎狗,一张黑脸火冰岩。
千秋碑上摩名字,百姓心中有圣贤。
不见眉间弯月朗,只缘衙外唤青天。

注:祠内"开封府题名记"碑上包公的名字,因游人对包公的敬仰而对其亲切抚摸,久之竟将名字磨掉,只留下发亮的凹痕。

邓 辉(重庆大足)

梦游沧海醒作述怀

海浩舟如豆,涛汹欲撼天。
逆风三万里,击水一孤帆。
不惮穷溟远,但忧航向偏。
翻腾须稳舵,赤胆往方山。

登峰望云遐想

夕阳西下墨云飘,宛若汪洋卷恶涛。
入眼江湖追我老,逐波日月化烟消。
欲寻一座幽闲岛,偏遇千堆乱石礁。
不为罡风强转舵,初心璀璨向高标。

与郑西宁、陈雪、李联川、熊秀等老农校赏月

雅趣邀来酒气香,松涛竹影共张扬。
娇莺啼梦千家醉,皓月流波万里凉。
莽莽林衔天幕碧,澄澄色镀岭花黄。
今宵纵兴清歌发,直把金樽换大缸。

石晓玲（广东东莞）

凤凰台上忆吹箫·春

春倚浮云，绿分天色，百花香满人间。看水晴光暖，翠笼寒烟。杨柳初黄却浅，梅已谢，李杏绵绵。莺和燕，声轻语软，可解卿言？

依然，夜阑雨细，蕉树一声声，旧梦仍残。自顾何由惜，谁怯依栏？多少春愁春怨，存眼底，何必君怜。春来去，东风任他，万遍流连。

初秋·步汪中韵

人间烟火淡离魂，也举残杯添酒痕。
蛙鼓池塘花色浅，光扶柳影玉容存。
一行秋雨长垂泪，几缕昏灯半掩门。
难阻流年随意去，红尘寂寂未遑论。

龙　博（河北廊坊）

江城子·春末夏初

绿杨阴外柳花浓，送春风，瘦桃红。独立天涯，谁又解行踪。芳草斜阳相媚好，归鸟过，点茶盅。

一生心事总难融，白头翁，旧情衷。窄韵填成，能否入青瞳？轻愁不随流水去，观菡萏，举新蓬。

鹧鸪天

蓬转天涯已数年，江南江北未知还。青衿不再霜侵鬓，风袖犹能笑入颜。

花影瘦，素娥残，几时能向别时圆。银钉燃尽人声静，独守平明对素笺。

秋游有感

菩提明镜总难参，乱影横空试渡潭。
欲述平生秋色恼，轻歌敲碎小琼簪。

卢金伟（重庆黔江）

哨楼所见

群山起伏似连营，晓色空蒙隐见兵。
原是春风来召募，松林列队去从征。

火车站台执勤哨兵

又到值晨岗，逢妻返故乡。
离愁千万里，别泪两三行。
促促钟声急，依依背影长。
心随双轨远，思念互相藏。

卢象贤（江西九江）

西江月·春意

木笔凋成闲棒，海棠立作佳人。一番代谢一番新。任是雨寒风嫩。

作个穿花蛱蝶，想何入世原因。心情但与自然亲。枝上年年有信。

叶宝林（北京）

父亲长烟袋

玉嘴生辉对月磨，黄龙府印紫铜锅。
花残北魏千年迹，杖过南山二道河。
几缕烟圈愁漫吐，一根草绠手轻搓。
朝天鞋底灰敲去，酒后壶空梦不多。

红高粱（新韵）

火焰翻山动远空，丹心未改晒西风。
围篱四野秋声厚，举樽千樽酒意浓。
粒米可安天下计，朱颜惊起洛川鸿。
高粱不是相思豆，却问缘何脸涨红？

注：洛川鸿：曹植《洛神赋》："黄初三年，余朝京师，还济洛川。……其形也，翩若惊鸿，婉若游龙。"

黄泥火盆

白雪降荒村，黄泥小火盆。
鹅鸣梳院落，豆爆上盘飧。
室外风云冷，壶中日月温。
三杯老浑酒，烫暖一家春。

注：二十世纪七十年代以前，东北故乡冬天家家都有一个黄泥小火盆置于炕上，用于驱寒引火，常常在火盆里爆玉米粒、黄豆粒和土豆等。每有客人远来，于盆中坐壶烫酒。此情此景虽渐去渐远，依然温暖隆冬那荒冷的记忆。

申士海（北京）

初冬游河北怀来幽州峡谷

石洞穿千嶂，仙台枕碧流。
斜阳辉柳岸，峭壁傍芦洲。
晚至秋风客，难期彩叶俦。
小村频举酒，春意暖心头。

己亥小雪日回乡见杏树尤青，感而有作

昨夜寒潮昨夜风，干枝挺拔叶葱茏。
我家宝树谁家有？心与梅花一脉通。

一剪梅·月城颂

邛海舟摇鹤影翩，古寺钟鸣，峻岭云闲。养生佳处乐天然。水也清鲜，草也青鲜。

火箭升腾不夜天。畜旺粮丰,林茂花繁。泸沽湖畔恋歌旋。多彩西昌,魅力凉山。

付顺兰(湖北襄阳)

暮春感怀

匆匆春又去,眼角亦添痕。
白发重新染,劳身依旧奔。
平常无雅事,偶尔看花盆。
月季如知己,妍红正对门。

己亥年夏游翡翠峡

欣逢盛夏觅清凉,翡翠同行十里长。
风净水分山倒影,蝉鸣蝶逐翼生香。

泉随嬉戏亲尘足,雾棹过从撩俗妆。
径竹倾斜扶客醉,无名草木泛奇光。

代雨东(北京)

点绛唇·燕十六俱乐部青海行

万里无云,群英为国来如电。旧情未变,心系人千万。

天际飞鸿,莫道谁行远。同相伴。为了慈善,再苦心无怨。

浣溪沙·秋

小院依然花正香,去年今日着装黄,故人醉后侍天凉。

长夜临池嗟不尽，人生多变恨茫茫，可怜无处有潇湘。

白双忠（北京）

游芬兰赫尔辛基

千湖万岛雨蒙蒙，独步他乡夜色中。
时见窈窕淑女醉，金丝碧眼杏腮红。

泡热海温泉

林深谷隐雾如烟，曲径斜桥夹一泉。
但得形骸同水净，黄昏泡到月高悬。

边郁忠（吉林省吉林市）

摊破浣溪沙·山居

坐看苔烟逐水生，短匙小盏暮栏轻。蜂鸟间关能破牖，太叮咛。

置案诗书常不解，穿花蜂蝶各相争。野径忽闻松落果，两三声。

南乡子·优胜美地山居

一

斑驳石生鳞。叠径迢遥累白云。倚定松风寻小歇，薰薰。衣角花香太袭人。

野处碧生尘。点缀楼台异国村。山鸟啼枝来又去，频频。飞羽红生落照痕。

二

独夜对清幽。斜倚巉岩木阁楼。随意风吹灯火散，啾啾。柱脚寒声似晚秋。

注定梦无收。索性凭栏茗半瓯。果落松间惊远思，休休。漫说荒亭月一钩。

邢涛涛（辽宁凤城）

京新高速阿拉善盟段

马鬃驿夜卧蛮毡，晓破催行烈笼鞭。
人迹绝无哈密北，秋风卷到贺兰前。
浮云长路开苍漠，逐鸟孤鹰下远天。
揽辔激歌过弱水，障泥不洗向居延。

五一小长假与父母大梨树老宅

休浣闲闲故里归，晴中戏犬闭郊扉。
青泥瓦上云无脚，白杏枝头蝶有衣。

鱼肉三餐连日好,酒囊一觉枕瓶肥。
爹娘每拌油盐嘴,幸得常听百事微。

得《诗刊》所寄稿酬汇票

寒里邮差送信来,愁颜顿作牡丹开。
明朝自有千金用,今夕先赊三两杯。

朱本喜(山东烟台)

踏　春

隔岸新梅发数丛,一湾秀水过桥东。
多情燕子衔春日,燃爆枝头万点红。

朱永兴（江苏苏州）

己亥仲春过太湖绿洲梨园

烟笼东园布淡云，天生素雅发清淳。
薰风晓露打前站，万两白银买一春。

暮秋过石湖

桥津塔影白云幽，十里波光尽眼收。
岸涌苍峦千顷霭，天涵碧水一湖秋。
搬来天阁瑶池景，小筑渔庄锦绣洲。
漫步芳堤暖阳伴，三分疏爽七分柔。

朱军东(安徽合肥)

在周庄(新韵)

燕声唤醒水云乡,坐看晨曦过院墙。
阿嫂提篮桥畔去,洗出一段慢时光。

观《郑和航海图》

阔步曾登百尺台,耳边鼓角响如雷。
帆升碧海云山起,舰划银波雁阵来。
万里远航成大业,七番出使展雄才。
至今列国存祠庙,犹念当年丝路开。

朱昌元（安徽桐城）

胆瓶贮梅落后插水仙

湘江楚客伴孤吟，又得铜瓶濯素襟。
一自萧斋梅落后，夜阑谁为托深心？

审山东麓口占

欲结茅庐住此山，满川寒碧隔尘寰。
此身休问老归处，且得溪云一片闲。

伤春怨·《面朝大海，春暖花开》

浪打渾无数，远岸花开嘉树。渐有客归来，为觅昔曾居处。

夜收香尘雨，种菜南山浦。缱绻在田园，但携手，朝和暮。

全凤群（四川遂宁）

蝶恋花·立夏

草木青葱荫浅夏，此刻农家，真少闲人也。才把田中秧插罢，又收小麦勤于野。

稚子无心追蝶耍，一把镰刀，挥在骄阳下。后面娘亲前面姐，额间滴汗衣为帕。

燕归梁·围炉烤薯

最爱烧柴小火炉，寒意尽消除。两三烤薯热乎乎，香馋了、女和吾。

争先抢食，开心笑取，最后是谁无？旁边端坐一呆夫，只顾着、捧茶壶。

临江仙·山野闲居

落照松烟青瓦屋，丝萝半掩园门。石阶苔碧更无尘。千竿翠竹，鸣雀是芳邻。

山里不闻山外事，一心做个闲人。煮茶煮酒赋诗文。何愁知己？入院有流云。

定风波·石榴花开

夏雨平添一日凉，清风拂软绿罗裳。倒拿诗经浑未觉，墙角，榴花一树正浓芳。

记得当年花似火，千朵，摘来斜插鬓云旁。姐妹拉来同比俏，娇笑，阿爹问罢问阿娘。

刘　军（湖南岳阳）

己亥遣怀

一

人生三万日，浪掷几多年。
顾影余零乱，飞烟一惘然。

酒残同月语，斗转枕书眠。
何处能寻梦？山边与水边。

二

几度荷香远，空庭不见君。
诗从愁处觅，琴向静中闻。
迢递星成对，嘤鸣鹊失群。
缘随银汉老，风乱楚山云。

刘　征（北京）

开春放笔

溶雪滴檐听足音，新萌捧绿迓东君。
青山对我如含笑，老树摇风恰欠身。
地母无声滋万有，大寰生气蕴诗魂。
长川逝水何曾逝？一笑人生九二春。

老梅图歌

忆昔三日宿逸园，中秋爽气满西山。山高势与月相近，如与嫦娥共笑谈。逸园主人清兴发，笔翻墨海信挥洒。忽惊时序变春秋，一树梅花欹堂下。老梅图成赠老梅，三十余年手一挥。自嗟老来哀乐减，白头衰飒何垂垂。展卷重看老梅图，时光印记讶全无。一如画就才掷笔，花湿滴露雨晴初。依旧老干横半壁，虬龙盘屈贵辟易。重重风雨镂霜皮，点点春苔青欲滴。依旧花苞含笑开，轻罗掩梦未舒眉。清风阵阵穿窗过，欲度幽香引蝶来。依旧密处花万朵，你推她肩她依我。谁将快剪剪红霞，烘天照海一团火。由来读画如读书，画梅如此我何如？老梅三拜老梅图。逸园主人见诗必大笑，画兴方酣管它老不老。

刘庆霖(北京)

过奥林匹克公园

风住秋林淡淡香,择条幽径漫徜徉。
夕阳带走地平线,明月来观水立方。
龙穴曲同湖暗合,鸟巢大到树难藏。
当年火炬依然在,似有光分万里疆。

李贺故里祭李贺

那日言君去九天,故乡等待越千年。
雨浇驴背已成土,风化诗囊仍是山。
独爱奇才呼作鬼,只应彩笔胜于仙。
玉楼金殿墨书尽,记得锦屏原路还。

浣溪沙·玉溪拜谒聂耳铜像

耳听民间疾苦多,倾情报国斗凶魔。奈何弦断雨滂沱。

一把琴成一段路,一支歌是一条河。此河此路在心窝。

刘安坤(吉林)

踏　冰

缓步河边看柳青,蓝天白日伴君行。
惊蛰最爱冰前走,踏响春归第一声。

刘如姬(福建永安)

减字木兰花·吉山一游

白墙乌瓦,门口枇杷黄了罢。那亩荷塘,预约蛙声一夏凉。

压畦禾穗,垄上翻风青似洗。掬把初阳,别有馨芬是故乡。

渔家傲·春游

柳线细悬春颈项。杏桃争着新花样。何处黄鹂三两两。轻一唱,扑棱飞到青苔巷。

静好时光萦梦想。偶携幼子同清赏。片石学抛漂碧浪。谁拍掌?粲开小脸夸真棒!

西江月·小二宝之歌

有时给二宝穿裙子,装成小女孩,漂漂亮亮的。

小马时骑驾驾,大头还戴花花。红裙扮作美娃娃,吻吻心都融化。

纸板书中彩画,白瓷盘上西瓜。恼人楼下数青蛙,镇日说啥闲话。

刘志威（辽宁沈阳）

迁新居喜有小园

嗟余何事苦奔忙,倏尔菱花鬓染霜。
旧梦葳蕤凋旧岁,新园简朴抱新堂。
挥锄忽有归田欲,洒汗全无逐日狂。
唯愿畦间瓜豆好,吟诗煮豆醉斜阳。

芒种晚乘动车过稻乡

闹市喧嚣久缚身,怡情每羡做农人。
千畦稻影浮新碧,百亩波光动锦鳞。
丛底蛙声夸好梦,檐间燕语赞芳晨。
消魂最是持竿叟,闲卧溪头钓白云。

霜降有怀

晚爱园中菊,朝怜叶上霜。
经风即萧索,放眼尽苍凉。
幸汝花雕好,添吾野兴长。
年来多禁饮,今夜欲千觞。

刘爱红（北京）

减字木兰花·致敬雷达兵——新中国成立七十周年国庆观礼写给父亲

巍巍正气，百战雄师千队起。共阅秋声，同梦同心贯耳听。

和平大道，快递东风连捷报。登妙高台，点点星眸屏上开。

水调歌头·己亥春过苏小小墓

钱塘潇潇处，谁晓苎衣寒？曲桥风绿湖影，鸥鸟戏长滩。一片云帆渐远，几处笙箫隐约，春袖说清闲。疏梅摇潭底，鸣鹤渡孤山。

油壁车，诗叠月，叹情缘。循湖回望，青鬟玉指掐丝弦。的是芳名留迹，冷落西泠题壁，莫问是何年。枫可待霜重，桂下倚婵娟。

刘益澈（四川成都）

挽奇晋师并示本谦

忆昔槐阴问字频，宗风五叶感深淳。神挥妙墨示玄赜，泪见清霜凋碧筠。魂度双江长不返，兰滋九畹复谁纫。于斯雅道嗟垂绝，克绍犹期堕地麟。

过建昌观卫星发射

齐鸣万壑拔羣苍，一箭凌空势莫当。不尽平生高举志，并随星斗到天阊。

刘德胜（河北霸州）

父亲的肩膀

岁月扛肩脊背弓，当年嬉戏作山登。
历经风雨浮云后，始识人间第一峰。

咏春雪

天风漫卷玉龙鳞，梦里桃花梦外尘。
知我开犁云欲助，送来十万雪花银。

闫　震（河南濮阳）

悼金庸先生

五岳山云连碧海，襄阳剑气撼胡天。
先生一去江湖死，谁步雪泥论华巅。

金明池·感陈柳故事次河东君寒柳韵

有梦砑红，忘情尘世，人在垂杨烟浦。真恼见，青青岸草，偏托与，年年吹絮。竟相逢，春静南园，仙露泫，莫羡蝶衣双舞。奈刨玉同心，兰因天种，剩得怀人词句。

明日蜉蝣寻宿雨。叹卧客迁延，埋香难许。更休说，巾衫高士，纵筝钿，念魂如故。忆行窗，纤笔何由，空画了眉痕，毫尖深苦。待柳隐江楼，千秋月照，谁复那时言语？

注：柳蘼芜《金明池》系寄怀卧子词作之一。《柳如是别传》以重笔祥笺陈柳故事。

江　岚（北京）

自和顺赴大寨途中偶见

山梁高且长，远望平如砥。
安得驾牛车，徜徉白云里。

己亥夏日过大寨谒陈永贵墓

岿然一墓似王侯，雄踞青山最上头。
千磴排云人迹少，万松夹道鸟声幽。
应怜大寨少拘束，却入中枢不自由。
卅载路过犹感慨，此公际会更无俦。

注：陈永贵一九八六年在北京逝世，当年灵柩运回大寨安葬。

己亥秋日过灵山寺咏紫薇树

偏是空门好种花，当庭一树綵云霞。
四时开谢无人管，僧在山房自煮茶。

江晓云（江苏泗洪）

写于七夕

时光不觉到三更，窗下虫儿窃窃鸣。
今日神仙得相会，人间多少梦难成。

买 房

今天房价胜昨天，不见薪金涨半钱。
未购归来长叹息，置添怕要古稀年。

汝悦来（江苏苏州）

黄溪怀古

黄家溪水碧悠悠，照见前尘几许留？
风起汴中龙暂睡，云来白下帝曾游。
千人集市沉清渚，万户杼机耕绿畴。
唯有泰安桥上月，半藏疏柳半如钩。

吴江创建"中华诗词之乡"成功十周年，赠朱永兴老会长

诗名天下出江乡，追慕柳公听引吭。
襟抱真诚能团结，情怀激越入篇章。
黎明约稿投青眼，深夜编书动热肠。
莫道松陵多警句，十年辛苦不寻常。

南社一百十周年纪念

青萍之末动萧森,滴血成篇岂独吟?
提笔唯因天下事,抛头兼顾九州心。
劳生乱世扫云翳,放眼晴空喜照临。
犹觉百年诗未竟,秋鲈佐酒续南音。

安全东(四川达州)

己亥杂咏(十首选二)

一

性爱林壑美,此意久飘忽。今方理闲策,乘兴步幽绝。有蝶时过耳,有鸟频啭舌。红阳三五点,光辉不成列。中有绿道在,蜿蜒肆出没。风清尘襟开,野花香犹烈。登高一舒啸,思与天地接。日落万松顶,娟娟来好月。

二

独钟山水趣,幽居近林樾。四时琴书润,诗酒亦相悦。有朋偶然至,衣带山阴雪。兴来邀邻曲,款言播与割。牛羊鸣我前,鸡鸭散我侧。日夕无所营,村讴听不绝。快然远城市,此意不可说。

孙 亭（江苏沛县）

六和有机农场吃野菜

一盘乡野菜,入桌抢先尝。
自是天然好,能清老腻肠。

参观徐州诗博园

胜景何须问,心清暑自凉。

豪从吟处起,韵在指中扬。
山水怡情短,诗书化道长。
大风歌故里,气象正辉煌。

孙长春(吉林双辽)

湿地留别(新韵)

春色满园情满怀,喜迎白鹤踏歌来。
随心红柳拨晨雾,扑面清风掸夜霾。
舞起微澜仙草动,笑逐芳甸野花开。
一滩云水三洲曲,惊艳八荒醉九垓。

鹧鸪天·夜访七星湖(新韵)

取道扶栏过钓台,耽于嫩藕寄幽怀。群花烁烁千枝举，孤蕾尖尖一角开。

秋试笔，夜当差，星河放入柳湾来。但将新月轻拾起，好把微芳细剪裁。

孙金榜（山东无棣）

临江仙·仲秋向晚郊外赏月

寂寞梧桐西风里，秋云凝露含霜。故人远隔海天长。落花逐逝水，雁影度寒塘。

路上行人多醉酒，桂枝难挽残阳。自怜倒影水中央。今宵谁与醉，尤似在他乡。

庐山游

驻停秀岭水淙淙，饱览风光五老峰。

霞敛百重生玳瑁,泉飞三叠洗芙蓉。
泻烟拖练降鸣鹭,方辅骑驴探卧龙。
抱日花团呈锦绣,远来为访一株松。

苏　俊（广东高州）

抵江州怀白司马

司马青衫倘再经,诗人终幸有斯亭。
浔阳水是琵琶索,弹软心肠不忍听。

芙蓉楼

闻道龙标此倚栏,至今风露不胜寒。
芙蓉楼上千年月,犹作冰心一片看。

苏　燕（安徽淮南）

临江仙·深夜邀儿视频

　　帘上星垂疏影，寒宵惹我呼亲。屏间笑靥看犹真。考研熬夜久，猜你瘦十斤。

　　最是怕听回见，奈何已到更深，忙说夜冷要加衾。照儿天上月，原本是娘心。

鹧鸪天·场外陪儿高考

　　嘱你答题莫紧张，铃声让我更着慌。心悬试卷难和易，思虑时间短与长。

　　盯手表，望门窗，分分秒秒俱牵肠。见儿含笑飞出场，眼角偷擦泪几行。

李　颖（安徽合肥）

水调歌头·中秋夜有寄

许是琅苑醉，被贬此人间。数年风雨，紫园依旧做花仙。卅载庐州融洽，数月北漂磨砺，历历涌心田。不愿言归去，心画写华笺。

亲文化，栽词赋，有些颠。雅人挚友，贤者我近举樽先。且令桂香鸿雁，唤出吴刚玉兔，护月万家圆。狂语君休笑，今夜舞蹁跹！

李　静（湖南衡阳）

观松树盆景

孤秀亭亭翠不凋，寄身方寸负凌霄。
何当还向山中去，再啸长风万里潮。

卜算子·衡山听琴

抹动是春风，勾落空山雨。飞瀑鸣泉弦上流，挥袖云来去。　　但识指声清，应解心中趣。渺渺希声一曲终，月在松崖处。

咏南岳高僧之破门禅师

书剑飘零世事违，万山如海一僧归。
掬泉石涧涵孤月，煮茗松荫满落晖。
笔绕飞龙风簌簌，磬敲深夜雨霏霏。
诗成未许俗人见，隐入云中第几围？

李文朝（北京）

鹊桥仙·贺"嫦娥四号"着陆月背

蟾宫后院，深空秘境，玉兔飘然着陆。嫦娥闲向鹊桥行，笑银汉，迢迢暗度。

惊天创举，中华折桂，惹得环球瞩目。成功探索助龙腾，只为了，和平进步。

礼赞人民代表申纪兰

人民代表纪年长，历届亲临大会堂。
献策建言松不老，青春九秩闪华光。

注：申纪兰是新中国成立70年来唯一一位从第1届至第13届的全国人大代表。

礼赞中国"核潜艇之父"黄旭华

隐姓埋名消影踪,潜心深海造强龙。
金汤万里凭核盾,卫国安民旷世功。

李伟亮(河北保定)

荆门博物馆楚国玉佩

叮叮当,叮叮当。山谷采石声铿锵。轰然石裂幻五彩,良工琢磨腾辉光。质若坚冰凉如水,回文锦饰飞凤凰。持之怡然奉君子,君子佩之垂衣裳。叮叮当,叮叮当。今我观摩隔橱窗,今我听之隔沧桑。

象山堂

灯影微茫斜阳暮,一堂静立一山护。
秋深堂下碧波澄,空有闲人来复去。

洗心堂

雪松阴下绝风尘,活活堂前秋水新。
未及洗心先照影,正冠多是读书人。

李栋恒(北京)

访畲乡

密叶遮幽道,清溪引客来。
古风弥古寨,妍服映妍腮。
婉约情歌袅,铿锵豪舞开。

婚仪人最乐，莺绕笑声徊。

注：畲寨有让旅客参与的畲族婚礼表演。

诗人节有寄

屈子汨罗投水声，波澜千古势难平。
龙舟满载浓浓意，粽米常包厚厚情。
刚骨文名雄立极，丹心浩气壮吟旌。
今朝欣庆诗人节，佳作高风共向荣。

调寄翠楼吟端午节悼屈原

又竞龙舟，争抛粽米，门垂艾枝香袋。江回波旋里，似眺见，屈原魂在。年年诚拜。盼食引鱼虾，香驱虫害。仇和爱。家教薪火，义传千代。

感慨。桂馥兰香，不敌鲍鱼臭，投身澎湃。毕生求索遍，未明了，如何成败。心寒无奈。笑世事艰深，何须多怪。看舟赛。浪花飞处，一天华彩。

李树喜（北京）

再登鹳雀楼

昔日蒲州已作丘，名楼累代几重修。
岸边青冢埋司马，盛世黄滩现铁牛。
古寺西厢谁待月，诗人笔下我知秋。
沧桑难改江河水，依旧浮舟亦覆舟。

注：司马迁墓在河西韩城，司马光墓在河东夏县，俱不远；黄河边有唐代大铁牛现世。

浣溪沙·题赠大运河研究会

南北东西漫打量，这河宽则那城长，是非功过两茫茫。

漕运千年输水米，雄关万里跑胡狼，小隋似比老秦强。

李厚贵(湖北十堰)

夜 岗

路途断行旅,车辆渐无声。
万户门关闭,夜巡犹未停。

异乡赏月

十五月儿亮堂堂,家家户户赏清光。
去年此际犹团聚,今日异乡思故乡。

李恒生（云南楚雄）

长相思·留守儿童

左思量，右思量。小手轻敲又画娘，愁心画里藏。

雨飞扬，雪飞扬。怅望村头那道梁，回乡道路长。

浪淘沙·病中父亲

久卧已成伤，骨瘦肌黄。秋风吹过病房床。帘外梧桐飘几叶，顾影凄凉。

昨夜点高香，寒意临窗。心酸泪有几多长？祈愿神仙怜我意，赐父安康。

李晓兰（山西昔阳）

霜天晓角·落雪

冷然莹洁。天际花千发。一夜轻歌曼舞，寒凉意，都休说。

梦绝。情亦绝。晓来天地澈。拟共暗香红粉，妖娆这，冬时节。

水调歌头·己亥中秋

玉宇清波转，明月又中天。素辉柔影千古，沧海变桑田。寂寞良宵深露，风雨人间何限，旧梦与新寒。冰雪孤怀远，来去白云间。

翠含颦，思万里，不成眠。嗟来几度，惆怅人月不同圆。纵意姮娥起舞，邀共吴刚斗酒，世上事难全。尘外销凝处，秋水映娟娟。

李 梅（新疆库尔勒）

立 秋

天鹅河畔独徜徉，迎面风荷阵阵香。
数朵娉婷还照水，一湾深碧倦舒张。
浑然叶落知秋起，自此花残对鬓凉。
好景并非时处有，红消翠减本寻常。

念奴娇·西海辞

乘闲西海，见烟波万里，水天辽阔。鸥鸟翔翱随素袂，缥缈轻舟孤子。渐起阴云，推波逐浪，无故吟悲切。红尘来往，少提肝胆冰雪。

最是惜那芦葭，中通外正，柔韧需能折。刮地西风摇不醒，照水还言清澈。相忘江湖？明河共影？休与他人说。斜阳虽在，瘦心还向明月。

七涧之春

无名溪畔柳婆娑,倒影参差戏白鹅。
春汛分明从此起,黄花先后满山坡。

李葆国(北京)

黄州访东坡赤壁谒东坡塑像

身历八迁霜未侵,一蓑烟雨醉成吟。
有情无处不宜往,是玉随时可发音,
词为岩丹能激浪,州因德厚耻埋金。
诗人不幸江山幸,尝以东坡名到今。

三月十九日过崖山感怀(新韵)

退让终将退步无,那时应料此时孤。
孤忠誓不遗民泪,群嚣遂偿桥驿初。
廿万人头同入海,五千载剑始出炉。
居高当斩无常雨,前事休教后世哭。

李瑞河(江西九江)

戊戌除夕立春试笔

朔风困人久,终遇此良春。
燃烛祈丰岁,倾杯祝令辰。
门前浮世绘,方外葛天民。
和气摧残腊,千家笑语频。

新港官洲古渡

闲寻古渡到江边,四顾茫茫思怆然。
乱石滩头舟泊岸,回峰矶上草连天。
依稀洲树排成阵,浩荡春流不计年。
陵谷沧桑随处有,一声太息付苍烟。

李福祥(北京)

华山揽胜

大汗淋淋拽古藤,龙岩旧道细如绳。
朝阳台上迎红日,玉女窗前赏绿屏。
敛步静观真武殿,开怀纵论倚云亭。
欲寻李杜行吟处,乘兴重登西岳峰。

恒山咏叹

峭壁巉岩百丈峰，松涛花海递莺声。
雄盘塞北撑华夏，屹立河东拱帝京。
滹水桑干润灵秀，紫荆倒马助峥嵘。
悬空古寺袅香火，黎庶年年望太平。

衡山梦游

祝融峰上觅仙尊，欲告尘寰火患频。
举目山巅云漫漫，低头脚下草茵茵。
参天古木抒清气，掠地飞泉降暑温。
梦醒恍然生顿悟，休将人孽怪天神。

李殿仁(北京)

凉山灭火英雄赞

舍生忘死向前冲,何惧凉山烈焰凶。
水火无情人有义,英雄本色贯长虹。

诗赠爱国拥军模范王友民同志

少小精忠多立志,未披绿甲亦能征。
拥军不忘援方阵,兴业仍当思远程。
宏愿满怀跟党走,丹心一片为民生。
从容阔步新时代,无愧人间最美情。

李慧英（山西晋城）

己亥三月初四夜喜雨

穿帘透席凉，夜半雨敲窗。
索性披衣起，听琴到麦黄。

时已立冬荷池花开依旧

一枕芙蓉梦，殷殷多少情。
个中谁解味？藕在最深层。

忆江南·童年乐

一

人生路，最美是童年。绿水青山黄土地，红花翠柳碧云天。牧笛袅炊烟。

杨　柳（广东）

清平乐·感怀

天涯独坐，坐到斜阳堕。又见云霞燃似火，遥想当初你我。

芸窗共对灯青，而今独自调筝。明月海棠依旧，指间多少秋声。

清平乐·丁酉生辰抒怀

桂花香透，秋意浓如酒。自饮自斟还自寿，恰在月圆之后。

韶华似水蹉跎，何妨前路清歌。倘若行云为伴，梅花种满山阿。

杨　强（湖北襄阳）

自武汉赴湘西途中作

西南万里路，风壤接黔邦。
云物饶三楚，江山纳一窗。
远游诗欲健，壮观气难降。
寓目春愁破，翻空白鸟双。

大　江

城随江宛转，摇兀碧澜中。
到海吴天阔，盘山蜀地雄。
劳生同汩没，逆旅判西东。
倚槛舟何限，鸥边去不穷。

砚石溪人家

丘林送苍翠,鸡犬散间阎。
大壑遥趋户,危岑欲压檐。
闹春蜂课蜜,荷蓧叟掀髯。
一舸趁墟市,隔江风浪恬。

杨名忠(江西宁都)

傍晚游览五彩滩

一河水缓两边开,袅袅轻风满客怀。
南岸宽平多碧树,北坡错落尽丹崖。
是谁裁剪云中锦?如此舒张景自佳。
但看余霞辉映处,波光人影最相谐。

穿越独库公路有感

劳歌一曲接天梯,勾壑清清过玉溪。
花草无边人半醉,牛羊不断马频嘶。
隔空渐觉寒烟去,悬宇堪怜晓月栖。
碧血丹心留片石,雪山映日与云齐。

杨红飞(辽宁铁岭)

单位待雨停回家(新韵)

雨正潇潇天欲昏,窗前滚滚是浓云。
秋声已共檐声碎,花影还同暮影沉。
怀弄潮心须踏浪,有归家梦不迷津。
莫说三径无谈者,伞下风中尽好音。

红楼梦读后

繁华落幕冷清秋,往事依稀忆旧游。
览大观园情与景,听长恨曲爱兼愁。
百年青史知荣辱,一梦红楼解去留。
掩卷凝眸千古月,几人批判几人讴?

杨志梅(河北唐山)

如梦令·春日

晨起倚楼远眺,窗外花繁人俏。娇女是谁家?正把海棠羞恼。谁俏?谁俏?一样妙龄刚好。

采桑子·秋思

闲来听雨敲竹韵。又是清秋,又是清秋。香径菊黄不尽幽。

一行归雁排云上。又惹离愁,又惹离愁。遥寄诗心山那头。

杨学军(江苏南京)

临江仙·初心

梦里残阳融碧血,回眸险路重重。花妍无忘炮声隆。曾经攀铁索,绝地起飞龙。

不死精神能转世,传承几代英雄。铿锵起步路朝东。初心今未忘,一样战旗红。

杨逸明（上海）

秋　兴

萧斋昼梦忽然醒，雨后西窗爽气生。
久对秋风知骨瘦，时翻古籍觉神清。
红茶沏入残阳色，白髭搔来落木声。
骚客尽情吟百感，动人终不及虫鸣。

题吴江新居

情结平生系太湖，苏州湾畔有吾庐。
烟波笔底真能蘸，星月窗前似可扶。
满壁书藏五千册，整天茶沏两三壶。
小城风气无邪味，绝胜魔都与帝都。

西江月·立冬

懒散阳光乏力,稀疏菊瓣减香。水杉摇曳杂青黄,犹带残秋断想。

昨日喉头干涩,今宵腿脚微凉。吟翁搔首为诗忙,风骨依然无恙。

杨新跃(湖南湘乡)

己亥中秋登镇湘楼

独上高楼接太清,一身明月坐潮生。
西风寥落阑干冷,夜气低昂斗柄横。
偏为圆时悲老病,每从绝处识峥嵘。
流光莫照南来雁,怕听山河带唳声。

己亥霜降夜登高

独支筇杖俯群峦，籁静星微肃气漫。
十万灯前空杜老，苍茫霜重又郊寒。
人艰只合缘愚想，世事真宜作冷看。
渐起风声如雁唳，四围夜色涌危栏。

谒曾文正公墓

路近崇台气渐酣，老松石砌护晴岚。
十年战血凌天碧，一片烟氛瞰壑参。
要使两江高海岳，遂凭只手拯东南。
回头世象纷纭里，心事茫茫已不堪。

时　新（山西太原）

除夕抄汪东《梦秋词》，用汪东《南乡子》韵

溪柳冻枝飘。遥见柔姿伴寂寥。汾上洁冰明似镜，将消。早有春声日渐高。

读罢且弯腰。今夜春灯濡紫毫。笔底心头添曙色，明朝。共看新潮逐旧潮。

望海潮

龙城街巷，寒风清夜，晨来素绕檐牙。长岸柳垂，蒹葭发白，湖边满树梨花。凄冷到天涯。有冻雀觅食，老妪溜娃。游戏风云，遗留鸿爪醉年华。

一城雪景堪夸。正春墒锐减，犁怨频加。雪兆寿增，灯红酒绿，何人记问桑麻？汾水湿堤沙。如此轻轻洒，已属豪奢。一鹊飞来，明日春色到谁家？

读杜甫卖药有感

休将行迹寄浮身,自古文章多世尘。
卖药少陵曾待价,逃名韩伯未辞贫。
诗中满是假山客,市上难寻不二人。
汾水白云皆有意,老来共作柳溪邻。

吴广川(江苏沛县)

云龙山放鹤亭抒怀

云龙山上白云飞,放鹤亭边吟者谁?
双声振翅乘风去,一叫临津带梦归。
远处黄河虎口至,城中百姓铁墙围。
清廉刚正东坡吏,留得美文千古垂。

黄河故道感怀

黄河决口几惊魂,噩梦醒来是早晨。
百岁沙尘盐碱重,十年果树绿荫深。
长天碧野孕新紫,厚土家园招远宾。
都道喧嚣城里好,怎如此地更怡人?

吴化勇(广东韶关)

惠州遇小委弟感事有寄

青史几人空姓名,马牛奔走愧吾生。
衔杯真觉千忧解,堕甑翻为一笑轻。
历历湖山长快意,区区穷达不牵情。
闲来横笛苍松下,白眼看他蜗角争。

独 感

小城终夜雨霏微,独坐寂寥谁与归。
生事万端惟咄咄,壮心百丈却非非。
书陈架上眼何拙,颜老镜中腰益肥。
羡尔悠悠双白鸟,翩然飞下钓鱼矶。

吴宝军(北京)

登 高

登高一啸振衣尘,雾退霾消次第新。
日月还明千里目,乾坤未老万年身。
天将磊落平分我,山把风流尽与人。
莫负芳华无限好,今朝不是等闲春。

水龙吟·金陵怀想

己亥年梅月未望，旅于金陵。时某项摩擦正起，因以赋。

江山千古风流，几经豪杰经纶手。朝霞轻抹，遥岑淡扫，清波漫抖。落日飞槎，星河游舸，挥之襟袖。把晨昏合上，春秋磨透，秦淮月，三分瘦。

曾照东山弈叟。指枰间、摧枯拉朽。莫沽浮誉，休随楚霸，宜追穷寇。功勒燕然，像悬麟阁，万人翘首。待归来自有，簪花跃马，纵英雄酒。

绮罗香·夏夜宾至

蛙鼓荷风，蝉吟竹月，谁送清凉无价？泝至幽栖，缃帙自招车马。常为客、陈榻高悬，莫笑我、许瓢闲挂。便今宵、典竟貂裘，换成醽醁溢三雅。

且来同卧瓮下。任那凌烟散尽，羞争飘瓦。但念平生，风雨对床长话。早比肩、北海樽倾，免回首、西州泪洒。愿从此、不必相思，见君千里驾。

吴震启(北京)

厉夫波还乡

土亦温馨饭亦香,亲情一念九回肠。
缘何赤子双眸泪?火炕依存不见娘。

再答鲁志成

常开不败是心花,似水流光可煮茶。
待到真香能细品,诗人眼里已无沙。

试茶尝味

盒装纸裹即藏身,一叶能凝天下春。
寂静壶中清是味,情怀不染半丝尘。

何　革（四川广元）

与妻街边小憩

趁闲小坐柳荫浓，烟雨一壶濡碧空。
大好心情眼波里，全新事业茗香中。
风光千里归平淡，唇齿百年存异同。
已惯二人成世界，守巢到此暖融融。

与长兄通话

务农不易务工难，塞北淮西路曲盘。
已逾六旬犹背井，正当三伏也摩天。
汗浇城市新楼茂，痛入腰椎老病缠。
何幸生逢长治日，欠薪事已得心安。

游荆门漳河水库

惯看高峡蔽天光，来渡荆门云水长。
眼界顿开山隐隐，鸥声渐远荻茫茫。

翠浮百岛星辰落,泽润千村鱼米香。
喜我今生治河务,船头矗立气神扬。

何　鹤（北京）

定慧公园

缓步丛中久,怜香岂可迷。
桃花幽径外,春水小桥西。
但向云高卧,且由莺乱啼。
凭栏观物趣,柳影漫长堤。

陈胜墓

千秋荒冢问谁怜?芒砀山深横暮烟。
莫道草民如顺水,逼它无路可吞天。

己亥七夕忆旧

可怜聚散两匆匆,桥畔斜阳竹影风。
流水无痕诗句里,那年今日运河东。

何云春(北京)

戊戌故里行

川江踏浪走天涯,蜀道归来露戴花。
晋鼓催钟生梦幻,桃林化凤逐云奢。
莲湖煮酒三径客,竹影蒸炉几片霞。
翠掩山峦滋古镇,诗乡问鼎燕还家。

陪友人秋游八大处

山光水色任天游,云道雄观胜景楼。
携手斜阳寻乐事,比肩彰影享风流。
层层塔树添福厚,处处禅门布禄稠。
直上莲池摇转运,人生此刻不言秋。

注:八大处山顶设莲池置风水轮供游人摇转时运。

何红霞(陕西通渭)

闲 赋

落叶层层秋已深,翻书取暖度光阴。
从来不羡别家酒,自有清茶慰我心。

如梦令·年华

三月时光真妙,柳绿桃红蝶闹。偷看镜中人,一直青春多好。说笑,说笑,哪有容颜不老。

何其三(安徽宿松)

春　信

花为标点草为钩,雨墨天磨湿未收。
芳信一封多少字?溪头写遍写山头。

鹧鸪天·寄出相思不见收

搜尽妍辞意自羞,书成每向故人投。北云难在南峰聚,南信偏劳北雁邮。

春复夏,夏还秋。四时风雨动情愁。君心兴许常迁址,寄出相思不见收。

虞美人·摘花

裳衣胜雪随风舞,二八盈盈女。寻春陌上觉春深,遍野秾花流艳动人心。

欲求一朵依鬟侧,踮足攀条摘。奈何香瓣露珠多,竟嗫红唇兀自对花呵。

何智勇(浙江杭州)

铜铃山

天开四阿檐,山似悬铜铃。我来扣之久,砰訇殷雷声。激瀑驱虎豹,挟势卷空青。潭积老龙漦,倒映九重梯。山我两相弃,无用天下为。

烟　花

秋心秋色忽成融,大野花燃满望中。
彩绚九天光永夜,星流六合静玄空。
浮生幻作鱼龙相,世态观如牛马风。
泫露无声屡回首,繁华隔处已千重。

友人馈壶

一壶贮翠微,曾经故人手。
今宵苦摩挲,秋光洗辰斗。

谷耀成(河北宁晋)

忆江南·瘦西湖

风光美,真美在扬州。一道瘦波吟景翠,三更新月伴灯幽。无憾这初游。

　　风光美，真美在扬州。长柳堤行疏影醉，大虹桥卧碧波流。何日再重游？

赞记者

　　不畏水灾掀巨浪，更无夏热与冬寒。
　　夜深敲打三千字，日晌邮传两百盘。
　　一幅彩图留瞬影，半张素纸论时观。
　　纵然体倦汗加背，依旧心中常尽欢。

汪业盛（湖北荆州）

腊八龙洲道人邀聚虎桥酒庄

　　早慕江南酒味饶，盛情难却道人邀。
　　导航何必问高德，一路循香到虎桥。

元宵节咏汤圆

白玉研来软糯鲜,平平日子手搓圆。
芝麻琐事糊涂账,能裹善包滋味绵。

汪冬霖(山东烟台)

黄继光

铁铸胸膛未可摧,男儿许不是凡胎?
至今遥望上甘岭,金达莱花带血开。

邱少云

敌机掷弹枉搜寻,战地尖刀隐迹深。
一副钢躯凭火炼,犹将碧血化青林。

焦裕禄

一座丰碑托碧秋,丹心系就万家忧。
挺身可作擎天柱,躺下依然是绿洲。

沈华维(北京)

过昌源河湿地

雨霁炎氛歇,芦花布满汀。
绿风将蓄势,活水恰添能。
紫蝶荷间没,群蛙草里鸣。
栈桥邀客至,幽赏共怡情。

秋访景宁畲乡

地僻霜尘远，山深绿意浓。
鹂声携俚语，橘熟坠灯笼。
老树千年秀，新楼一径通。
比邻亲似竹，犹羡古民风。

夜　读

岁月消磨久，耽书便不孤。
更深江月老，心醉古人扶。
杂味能清火，闲情漫品鱼。
勤栽溪杏早，莫问着花无？

沈鉴宇(北京)

植物工厂

乍入温房日倏沉,栽培层架列森森。
一方槽里蓄清液,五彩灯前铺绿金。
模拟自然凝众智,提升品质尽虚心。
喜看蔬卉勤生长,不惧老天晴与阴。

踏莎行·鹤望兰

萼展黄翎,冠嵌青眼。绿苞捧出红丝盏。恰如神鸟待时飞,瞬间款款人惊叹。

牵绊何穷,梦魂何远。琼楼遥望仙缘浅。羽衣空作九皋鸣,空留玉影清池看。

凤栖梧·登卢沟桥

云底西山山外水，潋滟流霞，不尽晴光美。飞雀悠然穿绿苇，石铃何若摇青佩？

莫拍栏杆忧玉碎，莫忆当年，胜败真滋味。拭我英雄千滴泪，来同狮子分余醉。

宋彩霞（北京）

东风第一枝·己亥新正

大野扶苏，东君助暖，花心梦醒垂柳。腊梅消息盈窗，新竹响堆满袖。风牵雨往，想买断、浓情杯酒。这次第、已把纤香，递向九州诗友。

今夜赏、月明星逗。再日探、雾飞山秀。摘些圆眼樱桃，拣拾梢头豆蔻。拿来就句，必然有、芳菲相诱。你看那、绿旺红肥，信是小春时候。

南歌子·春日

小雪来清座,红梅去晚妆。鱼儿拱水享初阳。柳外玉兰赶着、嫁新郎。

日子寻常过,冰凌哪里藏。田园万物各登堂。桃李甘棠不管、旧沧桑。

初 仁(北京)

宝成铁路线看秦岭红叶香山大不如

漫道香炉一望收,输他秦岭几段秋。
疑是山鬼出嫁了,峰表尽被红盖头。

张力夫（北京）

浅山游归诗寄士海先生

起伏陵冈客似舟，枫栌万叶染深秋。
飞霜节气饶清兴，结侣烟霞复俊游。
堪愧此身非白凤，可怜斯地是丹丘。
申公将出陈年酒，雨止黄昏问去留。

冬　至

乾坤交否泰，雪月寄行藏。
最数今宵冷，分明来日长。

一萼红·湘湖八月

放轻舟。正沧波演漾，楚楚过闲鸥。黛泼山低，莺藏柳暗，牵惹词魄吟眸。结缆去、行人渐少，较西湖、更胜几分幽。芳桂新开，石桥难数，野径绸缪。

谁立程门深雪，拥高怀浩气，负道南投。醉马仙风，挥毫狂客，归乡不恋皇州。想勾践、荆薪曾卧，欲寻访、独木八千秋。却见田田荷盖，一朵还留。

张小红（陕西汉中）

浣溪沙·秋游九寨沟

胜地游来疑不真，红尘仙境两难分，同行皆似画中人。

一瀑飞流抛玉屑，千峰耸翠接青云，看山看水总销魂。

桂殿秋·人在那曲

风肆虐,雪张狂。云低天近草枯黄。诗书解得思乡苦,每到更深读一章。

张开瑰(甘肃康县)

江月晃重山·童趣之滚铁环

桥面街头路上,学堂庭院村前。铁钩推转一轮圆。童谣里,歌伴笑声喧。

记忆翻开往事,心头回味追欢。纯真还是那些年。儿时梦,滚过万千圈。

谢池春·柳岸即景

和煦春光,叫醒岸头垂柳。绿丝绦、牵衣抚首。啼莺归燕,尽呼朋邀友。有离人、折枝携手。

无言话别,别恨充盈胸口。小河边、来回行走。明朝远去,正揪心时候。沐斜阳、倚依良久。

张月宇(湖南桃江)

与朱兄同题山水图

炉火重添酒尚温,清风斜日倚柴门。
苔侵巖壑长皴染,瀑溅烟岚自吐吞。
松径可安陶令宅,花溪应过杜陵村。
板桥蓑笠归来晚,犹带空山月一痕。

与朱兄同题海石图

缥缈蓬瀛未可寻,岩礁竦峙阻登临。
千巡潮汐催昏晓,一片风云变古今。
精卫衔时苔色在,秦皇鞭处泪痕深。
茫茫碧海青冥合,谁向横流挽陆沉?

同碧湖诗社谒王湘绮墓分韵得犹字

湖湘文脉此淹留,坛坫光宣问匹俦。
巴蜀飘蓬归蹀躞,京畿落木履夷犹。
何堪狂狷成名士,应许揶揄列故侯。
百载秋风秋雨冷,空余石笔倚荒丘。

张凤桥(河北丰宁)

山　行

一

悠悠日转低,树影向东移。
移到山弯处,溶溶入小溪。

二

向晚风初定,冲寒鸟不啼。
月牙斜挂处,还比树梢低。

三

浥露草凝香,鞭声出野径。
黄犊不趁群,来照溪边影。

张传亮(山东潍坊)

旅京立秋

六綍中天减火炉,三更团露下青梧。
未参西苑同莲老,已许东篱作菊奴。

天坛公园听回音壁

皇穹四抱翠松森,侧耳椒墙谛古音。
五百年间闻一句,天机不过是民心。

采桑子·瞻北京鲁迅故居

丁香谢尽无人拾,绿掩窗栊。畦草鸣虫,细雨苔墙落枣红。

运交华盖横眉对,斗室张弓。我辈犹聋,似睹先生呐喊中。

张青云（上海）

达州行吟

巴河野航，自洛车乡迄于桥湾镇，舟中苦热。

巴舲一叶挹江光，触热难追片刻凉。
夹岸山高生槭柏，近滩村密隐松篁。
波心鱼唼汀湾窅，岩际猿啼峡路长。
半日水程穿湿翠，买舟便欲老斯乡。

达川九龙湖放舟

万绿皴篷背，泠然任所之。
巴山开巨浸，寰谷锁瑶池。
漪动鱼吞藻，霞飞鹜逐飔。
便思林际隐，添筑小茅茨。

登达川真佛山,憩于德化寺

猿鸟迎人一径深,上方钟鼓夜沉沉。
生髯辄讶乔松古,偃盖多嗟老桧阴。
匡岭分宗余宝刹,曹溪濬脉启丛林。
风幡不动云幢寂,坐久真疑绝妄心。

张金英﹝海南海口﹞

夜宿晶阳山庄听涛轩

一湾春水响,林下夜轻寒。
拂去尘之味,捎来绿底澜。
枕涛梳鹤梦,抱月共青峦。
几树莺声滴,殷勤问早安。

水调歌头·游瞿塘峡

双峰夹碧水，一扇绿门开。风张帆疾，笛声分浪过山崖。溅落满船碎玉，飘进晴晖几串，拂向我清怀。料壁立千仞，刺破暖云腮。

望白盐，叹赤甲，接九垓。红装素裹，又把螺黛两屏栽。浩浩天穹无语，滚滚江流悲啸，长伴野猿哀。梦断半轮月，诗逐渌波来。

醉蓬莱·秋游九寨沟

问高原雪域,清韵何来？莫非秋水。谁主湖蓝？料盈盈林翠。山影云衣，霜风叠彩，似梦中花卉。光色无尘，形神有趣，岭头镶佩。

跌宕心扉，急流飞瀑，白练翻腾，雨珠奔沸。坎坷之途，看人生经纬。不惧寒浔，放眼天际，与青峰同醉。海长波平，池华石丽，月眠星睡。

张春义（山西太原）

夜泊巫峡

晚风微动远波平，象纬低垂灏气清。
客舫夜浮江月白，山楼遥映石窗明。
天连诸水形难状，岸簇千峰势乍呈。
抚景有人宵不寐，大江歌罢越三更。

过龙泉寺

龙泉何代寺？结宇五峰间。
孤塔晴摩日，重楼遥见山。
院幽霜柏古，阶静落花闲。
青主遗碑在，铭文带藓斑。

长平之战遗址

孤村寥落暮云头，欲吊遗踪雨未收。
高垒尽随丹水逝，朔风似说赵人愁。

三军战地余骸骨,千里征尘卷杜邮。
太息父书空读破,坐谈帷幄乏良谋。

张彦彬（湖南）

过沧浪河

荆南飞野渡,渔父久无歌。
岸阔鳞朋撼,天低鸟阵摩。
中流空拔剑,孤屿欲横戈。
自顾飘零客,何由濯浩波?

同永桢兄夜观憨墨堂主人作画

寺虚山脚雨,雷焕岭头云。
绿涨猿呼伴,苍擎鹤出群。

石唇神鬼泣，竹洞泼余醺。
宴坐二三子，安然我与君。

登昌平狮口崖

八十兄安在，威迟势尚犹。
双溪仍属楚，千树正封侯。
月落狞狮吼，晴开野雾收。
凄凉岩上字，细辨是沧洲。

张艳娥（云南红河）

临江仙·海南

邂逅羲和敲日，来追海角霞烧。长空浩浩水迢迢。风生云起处，一面月孤高。

棹拨烟云千里,凭栏呼酒观潮。椰风淡荡梦相招。嫩凉人不寐,倚枕听奔涛。

临江仙·太阳湾潜水

来觅鲛人珠泪,花孤玉树蓝绫。直追深碧入沧溟。邀人鱼共舞,摇落满天星。

恍觉人间如梦,高陵深谷云蒸。于无声处听潮声。烟波真浩淼,濯我寸心明。

临江仙·漫　歌

多少浪花淘尽,印泥鸿爪西东。蓬莱欲觅谪仙踪。几番潮起落,几度月朦胧。

海角天涯追梦,哪知酒颊生红。流萤渔火妒花风。凭栏生浩叹,今古怆然同。

张智深（黑龙江哈尔滨）

中南大学两岸吟诵峰会有题

莽莽中南秀，江深自有龙。
遥闻千涧啸，不觉七弦空。
云失潭州雨，人迷岳麓踪。
晚来湘水上，散发沐霓虹。

过孟姜女庙

关山渺渺卧娉婷，遥看苍龙入海平。
香火千秋空国色，君王未必爱倾城。

陈　兴（福建福清）

湛山道上

湛山民宿海边家，八大关前岸自斜。
拿铁无糖风亦苦，门前一树泡桐花。

港边蟹乐

蟹宴港边今夜开，每逢佳酿自贪杯。
瀛人应笑诸君醉，只按空瓶换酒来。

陈　莹（湖北钟祥）

无　题

微凉犹自坐清凄，过眼孤禽偶一啼。
掠面桃花非是劫，垂江柳色已成迷。
初生草涨鱼儿水，零落香沾燕子泥。
别有忧伤春不解，于无聊处写无题。

临江仙·无题

　　我到花前花已落，春阴不待人闲。参差草色渐如烟。青枝斜驻鸟，心绪乱飞绵。

　　坐厌愁怀山欲远，江城一念经年。浮云聚散两眉间。若干新燕子，几个旧春天。

己亥暮春杂怀

闲湖欲钓出西城,十里杨花扑面迎。
坐久空山真忘我,无端爱上子规声。

陈水根(浙江丽水)

己亥十月十六夜

一同观美景,两处度良宵。
闲愁堤坝上,月上紫荆桥。

西江月·桐乡战友莅云

往日未曾谋面,今生却有魂牵。相逢执手续情缘,白首痴心不变。

赤石码头留影,浮云溪畔欢言。驱车乡道步峰巅,笑看云舒云卷。

注:戊戌年菊月原铁道兵三十九团桐乡战友钱普及、沈善巨、叶爱清战友携夫人来云和。

陈仁德(重庆)

贺新郎·为庆祝澳门回归二十周年渝澳各十诗人相约以两地景点命题创作余拈得朝天门因赋此

千古繁华地。莽苍苍,万山环拱,两江交汇。东下瞿塘波如雪,西接岷峨青翠。望不尽,雄奇壮美。大号朝天传世代,涌烟霞,紫气生祥瑞。天所赐,地之馈。

河山如画堪陶醉。更休说,健儿耿介,佳人妩媚。灯火楼台良宵好,红白火锅百味。送走了,年年岁岁。四海五洲驰美誉，仰天歌，傲立应无愧。看俊杰，风云会。

满江红·己亥人日与诸生登通远门城楼茗饮

　　风送轻寒，雨湿了，长街车辙。残墙外，腊梅已谢，海棠如血。城上楼高云缥缈，水随天远山重叠。过眼处，大地正回春，芳菲节。

　　茶烟袅，冰壶洁。庭轩静，尘嚣歇。且放言纵论，千古英杰。兴起乍如风雨作，狂来容易肝肠热。趁此际，万事暂相忘，同欢悦。

水调歌头·赠周兄厚勇

　　犹记璧河畔，一笑识周郎。高谈今古风韵，豪气自堂堂。夜半春灯明灭，长啸唾壶敲缺，角胜醉千觞。转瞬十年过，照影发苍苍。

　　地之灵、人之杰、盾之王。宏图肇始，财运何止达三江。仍是书生襟抱，一任诗情萦绕，翰墨映晴窗。旧事重提起,新著待商量。

陈廷佑(北京)

初二登泰山

再登岱顶过新年,抢得春风一步先。
万朵霞从心内涌,半轮日在眼前圆。
天街雪化三分冻,云岭霜飞十里烟。
东望河山添瑞气,人生当陟玉皇巅。

越王台

古越无时不青绿,龙山有树尽苍苔。
宏图一梦知何处?霸业千秋筑此台。
目与云高量剑气,心随天阔度雄才。
生涯岂可唯薪胆?胜在吞吴震九垓。

陈佐松（湖北武汉）

端午杂观与杂感

一

阴晴莫测数天公，转换炎凉一阵风。
雨后墙头花架子，颓然散塌夕阳中。

二

酒醉浑如一梦中，清茶洗脑坐凉棚。
庭前几树花争放，榴艳栀香各不同。

三

江头浪起鼓声隆，桨影翻飞箭出弓。
莫道旁观身外事，已然胜负挂心中。

陈初越（福建福州）

春　日

一

春草生还生，春禽鸣复鸣。
物情有深浅，终不肯分明。

二

春煦真难得，春阴良足惜。
旷观无不佳，斯是春风力。

三

仙子何从出，两眸光奕奕。
生辰在好春，即以春为宅。

陈泰灸（黑龙江肇东）

八里城怀古

松花水润稻禾香，八里城残岁月苍。
佛号唤回千载事，庙灯辉映万年墙。
月光美酒醇犹在，铁马金戈早过江。
公主闺房何处觅，只留春梦睡蛮荒。

仲夏乐山访友偶得

岷江夜雨梦哈西，美酒醇茶曲漫堤。
昨日笑弥山下拜，今朝普圣道堂稽。
青衣水润嘉州雾，大渡河容乐埠霓。
巴蜀车驰风景过，唯留诗句为情迷。

陈植旺（广东汕头）

早 梅

含蕾与谁期？春风一顾迟。
莫嫌颜色少，毕竟是新枝。

白露夜汕头东海岸凭栏

百尺凉台漫月波，远空明朗挂秋河。
楼群涌到沧溟畔，分得天光海韵多。

冰 箱

所见居墙角，全无显要求。
守寒防腐败，取静度春秋。
铁面何曾改，冰心一片留。
此真君子也，谁解与同俦？

邵红霞（吉林长春）

算　盘

进退安排凭手拨，置身框架枉蹉跎。
纵然以一能当十，不在位时其奈何？

武帅腾（重庆永川）

登箕山

一

穷阴冱寒峭，访游行客少。即兹契吾意，出行及清晓。露叶倦霜空，寒飙荡林杪。雨润莓苔滑，曲径入窈窱。献媚山花艳，争翠丛筱袅。鸣泉泻石根，蟠松势夭矫。既跻薄刀岭，区具一何小。

亭阁出层霄，绝壁阻飞鸟。纲缊灏气浮，川原皆缥缈。烟霭忽开阖，异象纷萦绕。身轻若羽化，迥出三山表。清啸激长风，襟怀何晶皎。睠言向归途，怅望云壑杳。

二

寻幽岂意疲，冲寒登屠颜。翠嶂锦屏开，飘然杳冥间。巉岩郁嵚岑，攀缘良苦艰。蔽亏冷日色，偃蹇路回环。凄凄露草炫，苍苍苔痕斑。松风吹竽籁，山花烁斑斓。灵泉泄幽窦，空谷响潺潺。快然陵其巅，忽焉隔尘寰。漱流窥石镜，挹玉扣云关。愿言老林壑，浮邱相与还。

武立胜(北京)

盐城青春诗会与小诗友过大洋湾樱花园

十里烟光自在行,赏花何必到东瀛。
加得盐味诗方好,抚去船波水更平。
万树春因红粉紫,三人师或老中青。
后生脚步真堪羡,转眼追逐过柳汀。

离别深圳与友沿深南大道至蛇口港

久慕深南美,况同诗侣游。
花开一条路,林立万家楼。
海日凭心热,椰风为客柔。
向西颇不愿,港口有离舟。

晨步桃花江畔

春风春水更春阳,诧尔天开画境长。
红蕾千株桃泛日,清波一夜月生凉。
歌声尽道美人好,鹤渚难平骚客狂。
看取娇花排两岸,婷婷都似小姑娘。

苗海（加拿大温哥华）

桂枝香·除夕思乡曲

寒凝月小,照万里归心,雪空辽野。挥手当年一去,已成乡结。天涯羁旅三十载,共飘零,鬓毛霜雪。有怀拈笔,凭诗寄兴,旧情难写。

念孤雁难书一撇。引千壑风涛,都入吟箧。飘羽随风何处,是为结阕。乾坤偌大须容我,醉乡中,片时宁歇。故乡回梦,梦间浑忘,此身犹客。

范东学(湖南临湘)

打工人辞家

娘亲揖罢揖家翁,再转怜眸向稚童。
去岁诺言今又许,爸妈只打这年工。

范诗银(北京)

满江红·钓鱼城怀古

一

乱石天来,周天旋、天光明灭。惜长鞭、刹时崩坠,无为风裂。葱岭飘霜回万骑,嘉陵飞桨归双钺。翠原红、红彩舞流萤,谁家铁。

城方筑,缨已结。心胆许,肝肠热。抚残旌败垒,泪奔豪杰。望里中原堪可钓,掌边巴蜀还空阔。

叹临安、犹倚大江东，歌宫阙。

二

识得英雄，徒识得、断碑剩碣。更依稀、黄昏枯草，衰花孤蝶。弹剑吁天流冷雨，抒怀振甲惊寒月。战未休、何已劲弓摧，摧余蘖。

呼军奋，飙旗烈。舟楫弃，山城别。哭丝弦腥透，一腔鹃血。留得英名盘堞绿，依它干将凝芳洁。酒莫温、甘冽共余温，浇奇绝。

三

紫壁翻云，云端上、欣摩高节。树摇声、声声贯耳，夕鼛晨抉。不负江花随水去，又兼山影将心夺。逗狼毫、书我旧年思，同君说。

长庚句，边卒列。龙沙简，征襟雪。记长刀新滴，几回弹彻。情系横斜三羽箭，梦深堆砌燕然屑。把来看、一束字模糊，青青叶。

范峻海（河北邢台）

王其和太极拳放歌

王其和，邢台市任县邢湾镇环水村人，清末民初一代太极宗师。他先后师从郝为真、杨澄甫学习武、杨式太极拳，并在数十载的默识揣摩中，将两拳自然相融，形成一套新拳路，后世称为"王其和太极拳"。历经百年传承，该拳以特有的魅力，享誉武林，2014年被评定为国家级非遗项目，现已名扬九州，走向世界。

昔日神奇环水村，泽国浩淼聚风云。十里帆船号子紧，风雨码头夜夜闻。民风彪悍武风烈，人杰地灵走麒麟。噫吁乎！其和素有志千里，幼习武功盛名誉。初试太极迷阴阳，旋拜郝杨习绝技。巨人指路扪天星，八卦炉里炼精气。起舞三遍鸡犹眠，剑光挑落三九寒。龙筋虎骨铸大器，春去秋来不计年。妙哉乎！大师拳术何魅力？煎胆烹思三更拟。静如泰山齐鲁卧，又似莲花佛祖坐。动如夜空坠流星，又似神舟腾蛟龙。刚若补天女娲炼五彩，更像雪拥珠峰傲云海。柔似灵霄行云闲流水，又如霓裳羽衣酒微醉。捷如仙山猿猱松壁行,又似白鹤展翅凝云空。收如临水高矗鹳雀楼,又似寒山古寺月当头。奇哉乎!其和仙风道骨大侠襟,炯炯双眼射星辰。开弓月满风生步,谈笑晨钟穿远林。五湖保镖闯南北,长啸一声慑鬼贼。四海仗剑谁不识,刀挂北斗风云会。壮哉!传承师艺卷雄风,拍天骇浪惊九重。德真悟恒胸襟铸,报效国家壮志贯长虹。仰望二代千秋功,叱咤三代扛鼎雄。崛起四代雨后笋,雏鹰队队傲苍穹。乘天时,谋大略,荣获国遗剑出鞘,演绎其和拳旗登天阙。赴香港,庆回归,四百赤子起惊雷,五洲仰看华夏扬国威。争雄三十六场国际赛,弯弓射雕凯旋归。京华其和大旗遒,笑摘奖牌彪春秋。场馆一夜崛起惊五洲,引来四海侠客竞风流。快哉乎!仰饮烈酒三大碗。天地转,梦底现,叱咤九路拳队赴汇演。君不见!弟子演绎八卦阵,仙人乘鹤赴会馆。皓首郝杨拊掌开怀笑,赤颜其和斟酒呼共勉。君不见!公孙大娘三拜太极师,少陵眉飞色舞赋新撰。张旭临摹得玄机,太白狂吟太极宴。壮哉!鼓角紧,旌旗奋,放浩歌,助力世遗奥运亮长剑。

林　峰（北京）

常山江（宋诗之河）

满眼诗光映水光，岸风吹雨过垂杨。
人来古渡花争放，梦醒高台酒自香。
村舍依稀惊日晚，弦歌婉曲隔云长。
梅黄时节知谁健，更约苏辛共远航。

鹧鸪天·流江河湿地公园

曲径寻来翠影齐，晚莺恰恰向人啼。红桥横处烟迷岸，轻舸摇时花满堤。

鸥聚散，水东西。荷亭缥缈接晴霓。临波欲剪琉璃色，再唤清风拂我衣。

临江仙·港珠澳大桥并贺新中国成立七十周年

千里琼田如旧，百年奇想堪惊。伶仃深处响天声。潮头蓬岛出，海上玉绳横。

唤得鱼龙翻滚，呼来鸥鹭娉婷。笑从鳌背入沧溟。镜含云色白，珠吐月波清。

林丫头（上海）

近　春

人海深深磨一丁，十方客梦走风程。
篷蒿江畔梅花发，无欲为诗也动情。

和逸卿姐听花榭新春即兴

自觉情天深复深，相安一榭隐檀林。
隔山看破风云寂，淡与梅花论道心。

林栀子（辽宁鞍山）

鹧鸪天·关门山赏枫

半掩溪桥半掩峰，斜阳照暖胜花红。几枝丹叶逐流去，一缕清香入画中。

天色淡，露华浓。谁言秋早已临冬？红尘浅笑轻蝶舞，玉立寒霜若比松。

点绛唇·青春感怀

畹畹青竹，无花自比繁花俏。黛眉细扫，玉影凭栏笑。

豆蔻芳心，莫许韶华老。春犹早，诗情尚好，不负天真貌。

行香子·杏花吟

浅瓣微张，秀蕊初黄。风痕过、小苑弥香。佳人顾盼，公子徜徉。惹临墙思，隔墙望，倚墙伤。

花中玉骨，闺里娇娘。孤芳沁、怎道轻狂。枝斜东月，影印西窗。奈一更醒，二更叹，三更凉。

昌纪学（河南信阳）

月夜宿老君山玻璃房

夜静云里住，风清窗外凉。
笑带心酸味，梦枕月上床。

晨曦中看老君山

酷似犬牙啃苍穹，晨曦初照披金红。
秀压五岳声名上，气吞秦岭太行中。

易 行（北京）

在狼牙山区采风惊闻警报声

2019年夏随北京诗词学会诗友访狼牙山下的农民诗家，在"七七"抗战纪念日这天，突闻警报长鸣……

长笛震动一山青，犹似当年警报声。
壮士跳崖垂千古，诗人越岭韵千重。
遥思抗日成绝句，近赞兴农化歌行。
天下已然明似镜，村村吹遍大国风！

驱车重访两次大地震后的九寨沟

如今蜀道不言难，一日横穿百万山。
重访汶川和九寨，山青水碧胜从前。

罗　辉（湖北武汉）

咏赞长江大保护（组词）

〔鹧鸪天〕巴蜀妪翁吴楚哥，竞将微信寄嫦娥。千秋大业千秋梦，万里长江万里歌。

除浊液，唤清波，天人合一是金科。青山绿水从无价，道法自然恩赐多。

〔诉衷情〕大江东去自奔波，一路舞婆娑。惊回首，问渔蓑，山水待相磋。

明月乱尘磨，雾霾多。烟囱忽地催人醒，唤清和。

〔少年游〕黄金水道难为水，随处挖沙窝。纵观堤坝，横穿岸线，无奈弊端多。

望中候鸟难相会，常忆白天鹅。拆围关，治污禁牧，新貌靓山河。

〔南乡子〕借问醉颜酡，何以青青成斧柯？斩棘披荆勤打理，摩挲，争得金山碧玉螺。

花草淡香和，望处乡风鸣玉珂。远客沿江寻古韵，吟哦，幺妹笑声盈酒窝。

〔忆江南〕三峡美，高坝筑巍峨。栈道经年生锦绣，虹桥落地治沉疴。天堑又如何？

春风劲，浪涌母亲河。奔向深蓝沧海阔，驻留澄碧世间和。响彻遏云歌。

岳宣义（北京）

天安门前观礼新中国成立七十周年阅兵

金风送爽到长安，万里神州开笑颜。
虎啸龙吟惊宇宙，山摇地动撼愚顽。
复兴需要拳头硬，崛起还得利剑寒。
浴火涅槃魂魄在，强军指日梦将圆。

鹧鸪天·蒲江摘樱桃

紫气东来万树豪，漫山遍野弄风骚。绿肥枝上鸣青鸟，红瘦丛中隐玉娇。

接地气，采樱桃，南腔北调共唠叨。好吃还是农家乐，致富花开步步高。

注：蒲江，四川省眉山市所辖县。

沁园春·贺新中国成立七十周年

拉朽摧枯，万象更新，喜换俏颜。我华夏儿女，翻身做主，神州尧舜，圻地改天。历史星空，春天故事，叱咤风云写玉篇。今回首，已钱包第二，沧海桑田。

鱼龙混淆其间，重塑造清平盛世园。幸东来紫气，刷新时代，中流砥柱，力挽狂澜。高举红旗，初心不忘，继续长征奔向前。中国梦，领中华崛起，万里江山。

金　中（陕西西安）

贺国庆七十周年

一自巨龙出仄渊，深游碧海历长年。
渐丰鳞甲势方起，只待乘风凌九天。

瞻荆州万寿宝塔悼"九八"抗洪烈士李向群

大江三面势苍茫,一塔矶头立似钢。
宁有军人劳累死,不教百姓现伤亡。

金 锐（北京）

剑南道中

剑外云千迭,高情恣一挥。
天开巴水阔,地入蜀山稀。
酒兴连行道,诗痕对落晖。
幽燕尘海客,惆怅见芳菲。

二 陵

回车崤函道,二陵对相望。南陵葬夏后,北陵辟文王。陵上植松柏,枝条劲且长。秋风来须臾,卷雨过太行。来去无暂息,焉得不自伤。贤圣黄泉下,蒿棘道路傍。四顾烟尘生,旅服何苍苍。

青城山

环嶂如城郭,青苍眺蜀中。
溪泉飞挂雨,道路远回风。
碧茗坐佳客,苍藤归老翁。
熙熙天下士,何计问穷通?

金嗣水（上海）

东　风

乾坤横扫叶飘飘，荒野长歌生紫蒿。
可遣阳春飞柳絮，能教寒夜卷鹅毛。
惊天云梦三江棹，吼地钱塘八月涛。
倘若孔明无我力，哪来赤壁败曹操？

郊原观鸿

我在凡尘尔在天，衡阳万里梦魂牵。
三更寂寞天涯月，一片孤寒塞外烟。
直下荒滩历风雨，横飞野浦越山川。
远离纷扰五湖寄，心入云端自在仙。

周　煜（四川彭州）

拜　师

少日疏庸荒废多，而今发愤效吟哦。
幸从欣托探诗海，引我扬帆逐逝波。

注：欣托，四川大学文学与新闻学院教授、第六届鲁迅文学奖诗歌奖得主周啸天先生。

映涵饭店星空餐厅晚餐俯瞰日月潭得句

群山衔日月，晚照映清涟。
如在瑶台境，丹青共一潭。

周泽楷（广东潮州）

垃圾焚烧发电有感

昔年落拓弃江湖，今入山中事葛炉。
朽质何妨经历炼，愿成真法化明珠。

风车发电有感

风吹岭上大风传，一种坚持往复旋。
驯得封姨雄烈性，柔情亦有万千千。

蝶恋花

一寸幽微难诉说，起看江云，渺渺青霄揭。何处鸣鸾音共叠？蒹葭吟罢秋风烈。

倚遍阑干肠尚热，把酒斜阳，依旧狂歌切。醉上瑶池骑凤趐，归来惊动高楼月。

周学锋(北京)

潜哨(新韵)

枪刺夕光镀,伏身隐翠微。
一只晚归雀,落上绿头盔。

军营口令

夕阳燎火半城红,鸽绕营旗旗卷风。
汉水桥头军令厉,一声喊亮满街灯。

网 军

剑隐万重山,寒光北斗悬。
凌空解神语,落笔起狼烟。
头枕长风睡,心随冷月圆。
家国量度尺,一网罩江天。

周胜辉(湖北麻城)

水调歌头·观菊有感

日月裁天幕,风撵白云低。与秋同快,菊乡山水沁心扉。一啖千丘秀色,再酌满园清气,大醉在田畦。神寄秋山外,心旷逐鹰飞。

真本色,无低俗,应自持。三支两朵,独御霜雪亦堪怡。不畏流年似水,一样江湖斗剑,萧杀不低眉。遍野黄金甲,借取试征衣。

念奴娇·闻一多先生祭

高烧红烛,照苍凉巴水,长明天地。死水亦翻千尺浪,濯洗人寰污秽。家国萦怀,苍生在抱,骨铮然尔。御风而去,卓然千古雄鬼。

转瞬换了乾坤,家园企盼,热魄归桑梓。七子齐将慈母唤,漂泊天涯休矣。狮舞东方,龙吟大泽,君在天堂醉。无言相顾,一支清曲遥祭。

周晓波（广东广州）

水调歌头·己亥年立春日游羊城迎春花市

四季春为首，春富在花城。砌红堆绿，蕊繁香馥惹人矜。我欲纵横花海，阅尽人间春色，惜不御风行。料想花君子，应笑我多情。

桃之艳，菊之逸，桂之清。融融春煦，满目芳树竞争荣。四十年来奋斗，赢得今朝硕果，华夏正繁荣。君看南园上，蕙茝又菁菁。

周逢俊（北京）

与诸乡贤登揽龙兴寺兼游仙人洞观花

径过云端再上楼，乡关熠熠竞春头。
岩花固守唐时韵，洞府残存汉代幽。

空惜乌骓悍将勇，长遗楚岭美人愁。
苍茫问处风和日，不尽晨昏照旧州。

注：岩花，即著名银屏山仙人洞牡丹。县志载：1300年前已有"谷雨三朝看牡丹"之习俗。《中国名胜词典》为"天下第一奇花"。欧阳修曾到此一游并作诗刻于苍崖。

楚岭，即楚歌岭，为楚汉战争项羽身陷四面楚歌之地。

龙兴寺，筑于银屏山主峰之侧，传为霸王后人所建，以期收复故地之意。

满庭芳·登烟雨楼

烟雨潇潇，暮春时候，怅落花更垂漓。满湖销得，香影渺飞飞。不胜无边色减，尽迷乱，抵愿难随。登高处，轻愁不肯，堪痛却为谁。

逶迤，循旧韵，芳园草径，细雨观漪。想多少风人，几遇佳期。鸠鸟关关旧日，朦胧里，玉立蛾眉。今何在，绿洲寻遍，争叶任枝肥。

过居庸关怀古

独上嵯峨塞外山，野花残塚白云间。
连营壁垒屯幽隘，戍马逶迤绕古关。

岂信狼烟惊国愤,应怜佞色惑君颜。
龙门不拒轮回帝,万里城头几代闲。

周啸天(四川成都)

凤凰台上忆吹箫·九寨沟珍珠滩

光生碧海,色幻瑶池,算来此水仙居。想清凉无汗,玉骨冰肤。一袭香丝撒地,簪不得、欲倩人梳。晴犹雨,恍闻天语,上善无鱼。

怡愉。这回去也,倚马可千言,率尔操觚。似泉流万斛,文出三苏。记取惊湍直下,如乱溅、乐府群珠。乘清景,作诗火急,逸失难摹。

汉宫春·采风渠县

白汝来前！有万家酒店，十里桃花。情深无与伦比，天许奇葩。明珠万颗，一瓮收、尽吸流霞。中使至、酣眠推醉，御前羯鼓交加。

睡觉王侯故里，正初回光景，恰到桑麻。冯公车骑既逝，贼众惊嗟。狂呼绢素，集贤宾、笔走龙蛇。三日外，诗留李渡，不须见戴随他。

注：王侯指三国宕渠人王平，封安汉侯。冯公指后汉宕渠人冯绲，庙号土主，谚云："贼不怕渠县人，只怕渠县神通者。"李渡系渠县渡口，相传因李白过此得名。

周燕婷（广东广州）

过都峤山玻璃桥步东坡赠邵道士韵

百丈悬桥置一身，依稀便与鹊仙邻。
云光到眼添佳气，泉水穿崖见本真。

差喜未留遗憾事，等闲都是过来人。
东坡去后江山寂，潮落潮生有夙因。

八声甘州·春日醉根山房小住

渐余寒散落采桑天，根宫醉新阳。沐春风十里，红消绿涨，野径铺芳。自笑羡鱼情在，垂柳钓荷塘。何处营巢燕，软语商量。

欲挽扁舟一叶，趁源头水活，直下钱江。问故人消息，多是负韶光。便悠然，临流步月，借诗帆，挂梦入陶唐。烟莎岸，有芝兰影，和露生香。

高阳台·己亥暮春闻"翡吻翠"歇业心目相交不觉二十一年矣因题以赠智妙

山月无言，林泉有梦，夜阑未忍孤眠。烟水迢迢，数声环佩悠然。人间信有知音在，报知音，廿载尘缘。暖香融，温润罗衣，芳泽心田。

美人消息何由问?又春回域外,愁到灯前。自得天姿,幽怀许共冰弦。枕边衾底分明见,乍凌波,绿影清圆。待追寻,生怕情多,误了婵娟。

净　明(北京)

蝶恋花·睡莲

风送莲香幽梦好。帘外繁华,帘内轻烟袅。痴笑长空星月小,高歌一曲余音杳。

花睡千年花不老。一种风情,却向谁人道。萍迹浮生随幻了,幻中尘事何需恼。

念奴娇·咏雪用苏轼中秋原韵

飞银万朵,各中因缘事,寻踪无迹。醉望前尘留恋处,云散一天空碧。今夜难眠,随风狂舞,何似逍遥国。梅红轻语，一回眸又重历。

三世离别依稀，忘川静对，月下多情客。残梦未央疏影幻，忽忆伴君朝夕。只羡鸳鸯，登仙何若，化蝶同双翼。冻香含雪，共听青岸春笛。

郑 力（河北邢台）

登嵩山峻极峰

长河浩岳徒为尔，不过乘龙歌且繁。
要看日浮沧海尽，先教眼底小中原。

过五原

原上风低牧马鸣，一鞭遥见汉长城。
阴山月大天如洗，旷古苍凉何与平？

渡海往涠洲岛

到此长风亦等闲,莽苍胸次更无山。
欲将海色匀天地,普化清平满世间。

郑永见(重庆)

作词未得感怀

欲写新词拜玉台,桂花不借冷风开。
鸣蝉弄醉中秋月,方有浓香似水来。

登 高

登高一叹水流长,摘下红云作艳妆。
莫笑江郎才已尽,拈来妙句即文章。

郑欣淼（北京）

蝶恋花

段英武同学告，己亥正月为其金婚纪念，索诗于余，以小词奉贺。

石上三生天定了，以沫相濡，滋味知多少？携手今生堪一笑，雨风过后寻鸿爪。

梦里依依桑梓好，雪落天山，树绿骊山道。缱绻之心心不老，年年南北双飞鸟。

水调歌头·咏苏州工业园区

胜地有新景，禹甸一枝花。姑苏星岛携手，丰采正殊佳。方看培英黉舍，又听攻研秘奥，处处展风华。古寺钟依旧，湖映半天霞。

廿五载，烟云迹，自堪夸。征尘未浣清影，回首意难赊。鼓角龙拿虎掷，日月争奇斗异，春早满园嘉。壮岁好风趁，前路总无涯。

南歌子·赠单霁翔同志

千古烟云老,七年擘画新。回眸盛事总缤纷,最是平安二字印深痕。

天阙霜晨月,和风御柳春。缘分当有又逢辰,我辈此生无悔故宫人。

郑雪峰(辽宁葫芦岛)

登马邑古城

马阵边声杳旧埃,龙沙北望客登台。
二千年后神犹凛,天际奔云莽荡来。

重到溧阳南山竹海

南山竹作海，绿波漾不定。幽谷连崇冈，白鹇故超胜。我行檀栾中，离离万竿迎。竹影筛天碎，斑驳到石径。重来溯旧游，触眼疑悦并。十年几经斫，贞根竞新迸。林下风萧然，歌诗已其剩。何事出山泉，喧喧意独盛。

郎晓梅（辽宁凤城）

己亥新正回娘家

初六桐庐下，篝灯似旧年。
张梨解冰食，蓟柏炸星燃。
取蕨开山窖，提瓢放野泉。
女儿眉欲白，压岁又千钱。

湖　边

湖亭小坐等归云，环列朋山绿欲醺。
可爱樱桃偷我色，蝶来错愕撞纷纷。

孟祥荣（广东）

小亭得雨

凭栏受轩敞，惬意雨来酣。一壑云腾气，连山水赴潭。炎凉身自觉，变化孰相参。无得高槐枕，松风亦可贪。

如琴湖

诸峰抱东谷,一水静如琴。的是逃名处,能生出世心。白云终日在,黄叶入秋深。坐此观空寂,天寒亦解襟。

师 之(北京)

沁园春·汉字颂

故国东方,汉字通神,文脉久昌。幸羲皇创卦,天开一画;颉臣造字,界破洪荒。独体方圆,单音扬抑,义见形声万物彰。抒情志,有重章叠唱,思幻言长。

今朝岁月铿锵,引无数诗人赋慨慷。看嘤鸣汉语,亲和世界;龙飞书法,流美诗乡。事在人为,梦由心画,丝路驼铃乐万邦。挥毫也,得江山助兴,绘我新章。

水龙吟·《诗咏新中国——〈诗刊〉历年作品选》出版座谈会感赋

大旗展涌红潮,新中国奏英雄曲。江南塞北,昆仑泰岱,润之时雨。领袖诗人,领衔歌唱,九州摇鼓。看鼎新革故,战天斗地,人民写,山河赋。

七十周年欢庆,卷重开,重温佳句。新诗旧体,大张鹏翼,翱翔天宇。汉字长城,卿云华旦,灿昌今古。喜诗人兴会,新书评品,再征新旅。

注:为庆贺新中国七十华诞,由我提出倡议,在《诗刊》社和中国书籍出版社双方协商合作努力下,《诗咏新中国——〈诗刊〉历年作品选》选编出版告竣,举行了首发式和研讨会,特制《水龙吟》作为纪念。

沁园春·参加德国法兰克福书展有作

洄溯欧洲,伐木丁丁,歌德故乡。看美因河水,波澜壮阔;桥通对岸,林立高墙。时雨时晴,乌云烈日,油画原来绘有方。临河岸,有车行轨道,货殖银行。

东方竞美西方，比文字形声各擅长。展图书精美，交流智慧；诗文艺术，互鉴华章。鹤舞龙飞，时光静好，三色五星比翼翔。齐万物，共青山绿水，蒹葭苍苍。

赵宝海（黑龙江哈尔滨）

游泰国珊瑚岛

走进日光和海光，沙滩酷热水微凉。
欲呼游客同伸手，掬起沧溟沐太阳。

嘉　秋

一脉西风里，霜微秋正嘉。
经常行小径，偶可见新芽。

乱落园中叶，不凋心底花。
知音如邂逅，且去喝杯茶。

夜　怀

不眠深夜小行藏，近视犹能望远方。
山影幽幽如魅影，月光淡淡入流光。
残宵梦短知春短，挚爱情长抻路长。
自饮并非孤独味，昙花忽放一时香。

胡　剑（江西九江）

己亥上元

愁对连旬雨，良宵复上元。
烟花明夜幕，灯火隔林樊。

月待拨云赏,历还随日翻。
溪声似留客,漫向耳边喧。

胡　彭(北京)

与友人对韵

相看莞然中,轻云倚碧空。
木樨蟾窟宝,芳芷美人丛。
江晚平沙暗,茶闲小火红。
此时唯静好,嘀嗒听诗钟。

水调歌头·与荆门采风众词长泛舟漳河应命作水调忽念河南亦有漳河

此亦漳河水?恍惚旧曾游。楼船一样如梦,载我泛清流。满目橙黄橘绿,更有菊汀枫渎,占尽楚天秋。飞白荻花老，点翠鸭头浮。

远来雁，争眷恋，也啾啾。是曾相识？多半懵懂认中州。莫论孰亲孰密，莫问江南江北，一样系吟舟。一样漳河上，闲弄钓诗钩。

鬲溪梅令·雨中访南京玄武诗社有慨转瞬二十五年矣，次白石道人韵

翠湖不识旧行人，自粼粼。记得樱洲深度醉花阴，小梅曾共寻。

载情浓处水成云，雨丝陈。散入诗书声里暗香盈，萃芳期早春。

胡迎建（江西南昌）

罗浮山缅怀葛仙

葛洪采药到罗浮，林密崖高挂瀑流。
不畏千难磨履破，遍尝百草祛民忧。
成仙冲举霞光涌，慕道来寻丹灶留。
灵验青蒿经启示，活人无算仗呦呦。

喊　泉

屏气徐徐唤起泉，水中一柱直冲天，
我何来此神奇力？却把衰年赌少年。

南广勋（北京）

〔双调·殿前欢〕日子

老鸹窝，残阳小院两公婆。今天晚饭吃什么？玉米饽饽。杯中酒不赊，汤水些儿个，相对人沉默。陈年旧事，不必评说。

〔中吕·朝天子〕老爸老爸

老啦，老啦，忘性天天大。手拿电话乱扒拉，想不起要和谁通话。拄棍儿巡查，指挥全家，干活焉能少了他？笑他，逗他，您老就歇歇吧！

星　汉（新疆乌鲁木齐）

登建康赏心亭怀苏辛

今朝快意问何如，步武前贤奋一呼。
岁月送君回两宋，山河许我到三吴。
风来钟阜新诗句，日落秦淮古画图。
四面春光醉人久，下楼须有彩云扶。

进疆六十周年作

卡车戈壁走茫茫，西去童年载梦香。
芨芨草高风正烈，星星峡窄日犹凉。
打磨岁月成诗料，搅拌云霞补智商。
背倚天山心未老，人生何处不家乡？

惠州东坡故居

不向苍天问始终，神州万里驻心胸。

已辞北阙青云路,来住东江白鹤峰。
春雨夜吟先入梦,山风远访却无踪。
挥毫尚未诗囊满,琼岛烟涛又几重。

钟振振（江苏南京）

登悉尼大桥观海日东升

一道钢梁束海腰,横空有客立中霄。
两三星火诗敲出,曙气红喷百丈潮。

悉尼歌剧院

谁攒琼贝立金沙?谁集烟帆走素霞?
谁把蓝天红日下,白云幻作海莲花?

悉尼诗友所赠土仪如羊油蜂胶等,为机场安检人员查没殆尽,戏成一绝

羊脂赠别饱行囊,关卡难逃虎口张。
只一片心搜不去,走私飞越太平洋。

段　维(湖北武汉)

老　家

屋前临水背环山,春夏冬来各洞天。
乌桕红簪秋最好,好秋半在拂尘园。

浣溪沙·镜头

镀膜重重去耀斑,秋波微漾掠轻寒,倾城一顾霎时间。

大眼睛偏多短视,小光圈合向辽天。对焦时被相欺瞒。

浣溪沙·女儿香

俊俏腰肢忍割伤,经年泪滴一行行,美其名曰女儿香。

暗为嫔妃添妩媚,直随药石入肝肠。可曾物我两相忘?

姚泉名(湖北武汉)

红安过秦基伟上将故居

池塘水静雨云斜,香满青田出稻花。
树下谈牌两农妇,门前散学几村娃。
关山战绩星三粒,铁血征程月万家。
能作秦庄太平犬,谁人磨剑起黄麻。

过齐山次小杜韵

春早未逢花乱飞,池州道上怅微微。
苍山有故诗犹在,浮世无言心已归。
人见面容多酒晕,雪藏句子带星晖。
今来古往皆如是,走此一遭尘满衣。

秦 凤（湖北咸宁）

汉宫春·油菜花开

三月芸薹,透清新陌上,风信传芳。山村水郭,漫饮春味如浆。东君手笔,蜜饵奢、引那蜂忙。如锦簇、梯田旋叠,铺陈四下清香。

野望参差秀色,更风情暗许,嫁了农桑。陂塘篱落,谁个赚取金镶。无他矫饰,只相萦、南亩当床。花盛矣、春幡袅袅,盈盈胜日新妆。

满江红·登鄂州西山

鄂渚朝晖，初栉沐、高楼百尺。轻拾级、染之孤艳，听之清瑟。重拾寻梅苏子事，将温夜雨书堂迹。笑谈间、径曲筱篱长，枝生碧。

摩崖字，江飙勒。丹枫炬，何曾熄。任松涛吟醉，九峰衔璧。以武而昌豪杰气，以民为本江山魄。想天际、应有一归帆，穿云黑。

水调歌头·岁末见雪

驹自隙中过，梅自雪中迎。倩谁知把琼玉，拈韵咀华英。上阕红尘洞晓，下阕人情练达，云敛见峰青。问津向书卷，跬步上征程。

女儿事，闺阁意，是曾经。此番诗笔，一卷新句谢浮名。也有清欢自适，也有襟怀慷慨，笑那费经营。解得清风意，何必较阴晴。

袁瑞军（山西和顺）

鹧鸪天·冬入走马槽

六炉岭前寒鹊飞，烟村故垒久相违；疏林穿去攀山径，暮光将来辨遗碑。

青云幕，紫崖帷，千秋一瞬化鸿泥；还归柴户围炉坐，笑看农家置晚炊。

水龙吟·秋怀

骤风新过平林，又吹落碎金如雪。秋深月冷，晓寒霜重，凋空青叶；憔悴归雁，伤心流水，一时声咽。问瑶台高处，琼枝玉蕊，亦应否？萧萧竭！

最是销魂景象，总依然，红消时节。繁花岁落，朱颜年改，幽怀难绝；更怎消磨？西风渐紧，窗头残月。到南华梦里，庄生言说，不如成蝶。

耿立东（西藏拉萨）

夜驻昂仁郊外遇雨思归

停车驻野村，微雨近黄昏。
星暗云侵树，山深犬吠门。
三官藏斗曜，一苇度乾坤。
瓜代岂无日，当归月夜魂。

赋得都匀山顶风车聊赠援藏诸友

卓立峰巅待大风，于林独秀莫摧崩。
若得天下光明彻，甘守江湖一点灯。

莫真宝（北京）

己亥三月廿五日自星城存旧籍于朗州

曝书长饱蠹，捐弃应难遽。
插架丰吾庐，扪心虚此腹。
常思仔细看，多未囫囵熟。
感彼郑人行，买珠唯识椟。

己亥暮春返乡小住

携手还田宅，青山旧霭深。
有林喧宿鸟，无事动尘心。
明月春塘水，残书午夜衾。
武陵轻别久，今日暂相寻。

己亥仲秋赴西安闻交通拥堵

秋来到西安，尽道西安堵。路宽车辆稀，未解其中故。俯身问端详，答曰人所阻。令甲先行人，无论灯红绿。孰料负戴者，翻将高轩苦。

贾来发（云南玉溪）

一剪梅·桃花山

树树欢开雨后花，山左如霞，山右如纱。胭脂染就尽芳华。红遍沟洼，香漫枝丫。

采袋春光送老妈，才使山娃，又唤邻丫。春风笑语向天涯。乐了农家，醉了诗家。

行香子·夏日山游遇雨

戊戌季夏,携妻登山,遇骤雨,俄晴,仍步泥游,兴未稍减,归填是阕。

两好郊行,一伞晴撑。无尽语,说与风听。烟村里巷,携手同经。正榴花艳,芳草碧,柳莺鸣。

午时天气,山中骤雨。眨眼间,瓢泼堪惊。千丝万线,舞助雷霆。看地生雾,峰洗面,鸟呼晴。

桂枝香·登高抒怀

神游八极,慨半百人生,几多经历。万里徐开画卷,竞张舟楫。春风浩浩千林舞,更寻他,那时踪迹。野芳香染,岚烟青漫,助余椽笔。

莫辜负,江山宴席。趁雨霁云收,好舒双翼。欲置风光两袖,补余斋壁。登高直入青云里,望神州、夕阳人立。纵吟谁晓,语都惊了,古今蓑笠。

贾清彬(河北保定)

荷　塘

蜻蜓恋色鸟声泠,阁下桥头各有形。
带露叶新肥未已,凌波蕊艳瘦曾经。
蒲携手处孤舟老,莲解颐时两眼青。
欲采一枝留住夏,好难寻觅是花瓶。

保定军校广场点将台怀古

怅恨何须嗟晚来,非为点将只登台。
平戎不拜屠龙辈,传檄能如倚马才。
但使豪情吟竹石,肯教碧血润梅苔。
似闻鼙鼓铿然响,严阵声威震九垓。

柴　良（山东寿光）

潍坊市诗联创作基地授牌仪式抒怀（新韵）

谁裁绮梦谱奇篇，弥水长河润笔端。
十里红莲唐雨细，两行绿柳宋风绵。
敲词酌句迷骚客，触景生情醉故园。
七九鲁民心未老，吟诗把酒会群贤。

钱志熙（北京）

再游黄岳有咏

层巅直上叩苍冥，风雨明庭走万灵。
宙合云兴峰出海，空蒙日照石为星。

昆冈窅远无消息,蓬岛虚浮少影形。
此地轩辕曾驻迹,欲从岩穴觅仙经。

甘州道上

白羊乌犉散平冈,风里似闻酥酪香。
山下连畴山顶雪,甘州七月菜花黄。

秋浦河行

夏日曾游黟县山,秋天来看秋浦水。山水从来说皖南,况是谪仙曾游此。碧溪两岸夹青峰,百里岚光紫翠浓。峰开玉屏破苍霭,溪铺白练舞碧空。人家点缀青苍里,鸳瓦蛎墙玉色似。恍如渔夫入桃源,真疑丹丘现尘世。安排打桨学漂流,还缘峡谷探深幽。白云尽处松杉列,百丈崖头见瀑流。奇景太白亦未到,诗篇空咏锦鸵鸟。三千大句写庐山,不如移来此间好。回程已是满落晖,将归城市情依依。忽见一行白鹭下,几度停车看翠微。

倪健民(北京)

水调歌头·赞郭明义

云起千山绿,日照万江红。钢都深处,出岫琼玉振苍穹。暴雪寒霜刺骨,采矿行车艰路,独立顶狂风。铸铁百锤炼,敬业见英雄。

丈夫志,当奉献,是雷锋。温心一片,澄澈大爱满星空。更有阳光五彩,献血毫升六万,信念在胸中。朗朗浩然气,感动九州同。

中 秋

玉露花间落,金风载酒来。
炖鱼香满屋,蒸蟹味盈台。
江近烹鲜聚,诗成醉客裁。
吟蛩知我意,韵雅几悠哉。

登阿尔卑斯山

千岭苍茫雪,凌霄少女峰。
云遮羞涩态,雾散大方容。
雷鸟旁瞻隐,飞鸢俯瞰冲。
得闲登峻顶,展臂探天穹。

倪惠芳（江苏苏州）

秋夜思

西楼夜渐垂,灯火起参差。
落叶知憎雨,添衣思念谁?
梦多终是病,句短不成诗。
到此秋凉意,人间四十知。

晚 菊

篱边栏外夜如长，莫惜深秋满地霜。
淡月久无花下影，西风尽在酒中凉。
一株融冶黄摇曳，十万萧条红整妆。
偏爱人间寒雨后，烟尘洗罢自由香。

满庭芳·红豆山庄记游

天外云收，风前梅落，来闻如是前尘。朱阑青石，雨后剥残痕。老树烟长雾冷，数百代、独立晨昏。可怜是、殷红结豆，如结美人魂。

爱刘郎才气，红妆谁识，羽扇纶巾。恨此生，不能激荡胡尘。哀郢梦凉孤棹，怎堪对、浊世纷纷。枯吹叶，绕来三匝，飒飒一年春。

徐春林（江西修水）

咏修水皇菊

不向春光艳，偏向秋后开。
名因陶令显，香自古城来。

宝顶山拜佛

石刻千尊像，传奇宝顶山。
波浮崖上景，峰刺水中天。
多少皆成法，虚实俱化烟。
问佛何是悟，佛道不言传。

游布甲九椅山

九椅山松悬绝壁，如仙倒挂荡苍穹。
忽然一阵狂风雨，恐怕惊魂堕水中。

奚晓琳（吉林省吉林市）

旧折扇

墨陈清字久，腕转小风长。
素影花丛蝶，鬓云兰草香。
关怀知远近，归箧淡炎凉。
筋骨销残日，凭谁忆断章？

浣溪沙·向晚北山荷塘

拂鬓分香池畔风。胭脂漫点绿云丛，双飞燕子小亭东。

濯罢烟尘罗袖影，读残梵呗佛堂钟，涟波月色两朦胧。

翁寒春（香港）

回乡偶书

一

隔岸万竿青玉堆，谁摇竹影荡波回？
溪边坐石听风日，无那江湖晚境催。

二

遥对青山遥对竹，秋风暮色总相催。
生涯漂泊经年矣，许我归宁作客回。

三

年年为客过重阳，今日高堂赏菊黄。
携酒插花儿女态，不知时序近微凉。

凌天明（江西赣州）

过马井

闾里无人识姓名，廿年世事等云轻。
伤心碧草斜阳外，卧听江河呜咽鸣。

春节后饮亲戚家

席前谑笑酒交加，侧坐何堪近俗哗。
明日旋从江贝别，飘萧人海是吾家。

酬魏总

忆别名园梦转遥，逢君粤海久相招。
晴光压水平无褶，午气烹花熟欲凋。
身世百年原是幻，秋心此夕复如潮。
盱衡今古篷窗下，说到苏黄魂便销。

凌泽欣（重庆合川）

黔东南入苗寨所见

莫笑山姑歪扭扭，满头银饰叮当走。
摇摇摆摆舞蛮腰，扯扯拉拉牵小手。
要进苗家寨里门，先干牛角杯中酒。
才闻悠婉踏歌声，早有人拦三岔口。

又到江北李花村

年年来访意犹浓，有种情思味不同。
赏景分明芳树下，抬头恍惚画图中。
嫩苞努努新芽叶，老杆舒舒旧日容。
只为伊之雪肤色，道声辛苦送山农。

过渠县汉阙

夕照荒烟汉阙碑,蜀乡萧索北风吹。
千秋伟业王侯梦,只剩前朝野草堆。

高　昌（北京）

寄袁剑军老友

少年大话梦来频,秋老枫红染愈新。
拟把诗怀围渤海,好凭剑胆涌冰轮。
依然浮世恐长笑,如此平生敢自珍。
小酌村醪举灯影,与君对面作仙人。

折腰体

横山曲水郁葱葱,一路烟霞锦绣中。
云外轻鸥合仙客,门前芳草最薰风。
晚菊香从寒后淡,寒枫美在晚来红。
欲分爽气移秋竹,借上心头种一丛。

沁园春·顺唐巷4号

小院葱茏,满室阳光,和合一家。趁桃枝香溢,轻移倩影;椿条雨润,漫吐清芽。甜蜜情怀,人生如许,每寸光阴都是花。趁晴朗,选竹清梧碧,坐下尝瓜。

牵牛缠满篱笆,说到底、冰霜一任他。数星披月戴,忙时稻粟;天荒地老,闲处烟霞。人海喧嚣,红尘扰攘,莫叹真情薄透纱。童话境,有初心无垢,美玉无瑕。

高卫华（河北徐水）

无　题

一别二三日，花开四五枝。
春风吹数遍，处处惹相思。

高石春（湖北武汉）

己亥小雪日杂感

节序周行转奈何，艰难一岁近虚过。
云凝大野添尘色，日薄苍生击壤歌。
祛病须斟新药酒，驱寒待看老梅柯。
可能素雪凭空泻，将此山川更洗磨。

雨霖铃·听箫

长箫声逸。向秋深处,渐送萧瑟。凭楼吹烟万缕,随风散了,终于无迹。可奈虚空渺渺,是孤清成癖。更听得、花谢蛩停,漠漠晴川舞苍荻。

幽幽古意盈工尺,莫难堪、岁杪霜来急。经年惯对嚣嚷,怕鬓角、白来容易。似此泠泠,何必萦怀冷暖休戚。但记取弄玉萧郎,到梦中遥忆。

临江仙·庐山乘索道

铁索迢迢悬绝壁,悠悠仿佛琴弦。我今屈指欲先弹。浮槎从此上,高蹈似飞仙。

四顾周遭何所伴,无非过眼云烟。乘风破雾莫迍邅。世间无绝路,有路在峰巅。

高立元（北京）

过太行抒怀

千里驱车近武乡，朝霞万缕复斜阳。
幽幽翠谷弯弯水，莽莽青峰道道墚。
战马萧萧肝胆烈，峰烟滚滚剑刀狂。
仰天一吼山云动，挽起林涛过太行。

老兵感怀

风雨人生忆此身，钢枪五尺是知音。
螺钉经自熔炉炼，夙志不曾功利侵。
红色基因红色梦，赤诚肝胆赤诚心。
放刀拿起手中笔，为报春晖情一分。

高宏宇（吉林农安）

西江月·清明

篱落疏疏微雨，柳林淡淡轻寒。初晴明日问风鸢，声起谁家别院？

一抹长堤新绿，几丘青冢残烟。归来鲜酱试春盘，蘸取玲珑野蒜。

十五道沟

清川一带伴人行，万古天书淡淡风。
新叶飞流看不尽，莺声落在小桥东。

高咏志（辽宁彰武）

中秋值雨入夜方晴有作

谁会阴晴意？旧林蝉未宁。
雨过云自白，枝老叶犹青。
天水双轮月，风尘两鬓星。
杜陵仍客里，寂寞酒新停。

忆 中

苔光锦色忆中深，十载余香绕碧岑。
花下未干当日泪，尊前已老少年心。
春泥烧作鸳鸯瓦，夜雨滴成琴瑟音。
陌上风回迷晓梦，过墙蝴蝶欲何寻？

芳　林

芳林雨后入窗新，寂寞灯前念旧尘。
孤月疏星棋未散，箪瓢陋巷梦初匀。
应关同道二三子，岂计殊途千万人。
夜坐故山知用晦，一怀风露任天真。

郭炼明（广西梧州）

九月廿五夜忆儿时

散学归来日未昏，脚丫烂漫到前村。
山崦八九人家住，野树寻常燕子喧。
门外织筼收豆黍，河边刈草牧鸡豚。
犹思竹马棠阴处，白发阿婆笑倚门。

过古典鸡农庄

一角风檐碧倚筇,桂花香淡雨时浓。
有人灼灼襟如月,顾我娟娟影在松。
宴坐泉边酬对饮,微吟楼畔话相逢。
何年相见复相识,小字靡靡认旧踪。

他 归

一片松筠静掩扉,小河薐薐草菲菲。
邻鸡忽堕残篱出,行屐今逢细雨归。
壁上寒苔空自涨,阶前落叶更谁挥。
可怜旧木他归燕,饱尽霜风不想飞。

唐定坤（贵州贵阳）

老父割稻歌

老父老父卓不群，手持镰刀割秋云。七十胼胝欺酒意，风涌稻浪来纷纷。老父老父岂生计，巡山巡水老将军。望中遍是金黄色，卒伍戟立竞殷勤。老父老父聊自足，蓠边蔬果何必荤。有时稗草团瘿俗，一笑畚畚举火焚。老父老父已槁项，年年不忘三献芹。剥枣获稻竟何如，尤有新米滑牙龈。老父只喜杯中物，拼它岁月挤皱纹。全村都已徙小镇，独好谷口坐氤氲。生年到此只送老，朝菌大椿略得闻。等闲事业吾不废，大儿小儿异耕耘。老将秋草挽刍狗，自随月令劳赅筋。肃霜涤场橐橐在，吾自来时问灵氛。

唐颢宇（江苏南京）

山　风

满庭松柏气，归止傍青霞。
炼药长缭榻，烧香欲透纱。
寒钟浸微雨，空磬落飞花。
独立琉璃界，峰阴入树斜。

读《己亥杂诗》

三百篇中风雨哀，思怀浩荡渺难裁。
忧同屈子空成诵，诗敌陈王岂费才？
黯淡星摇沦逝水，苍凉火尽落寒灰。
一身许国清刚气，直叩天阍竟未开。

夜梦读长吉诗与诗中幽冥遇书以赠之醒尚能忆其半记之足成

山云乱涌闭雕窗,桃碧灯红爱鬼妆。
尨火空浮作邀引,寺狐相遇许端详。
连昌笛里花无限,长吉诗中梦一场。
我是华胥孤往客,与君夤夜话凄凉。

黄金辉(湖北武汉)

大树一叶——新中国同龄人感怀

庆典声中吐嫩青,逢春古木共新生。
秋风夏雨伸筋脉,掣电惊雷铸性灵。
彩叶愿妆枝更美,深根可保树常萌。
吾将老矣国犹壮,飘落滋泥永寄情。

金桂迟开有作

底事连年未释怀？节临霜降桂才开。
炎炎长夏工农苦，漠漠旱田禾稻哀。
花只凭天随禀性，人须察势作安排。
全球变暖谁为虐？岂但杞忧堪笑哉！

贺新郎·引江济汉

亘古谁堪比？水倒流、穿桥越闸，长箫短笛。彩凤舒翎龙摆尾，两岸繁花绮丽。令游人、频呼惊异。汉水从来奔浩荡，怎如今、却赖长江济？南水调，北方利。

蓝图壮美真豪气！我中华、煌煌民力，泱泱国力。喝令河流须转向，乖顺听从人意。润京津、传输厚谊。荆楚牺牲诚不易。谢移民、腾让家乡地。风激浪，浪行礼！

黄海涛(江苏高邮)

闻凉山森林大火致英雄

漫天烟雾锁层峰,热血英雄搏火龙。
纵使灰飞骨犹在,明年应是满山松。

残 荷

雁过莲池水色凉,红蕖落尽叶枯黄。
清宵雨打窗前听,犹说曾经一段香。

梅明观(江苏苏州)

黄家溪

昔日繁华地,溪流两岸花。
桥头多织女,檐下尽商家。
夕市烟帆远,吴歌柳巷斜。
独怜风雨后,桑海起丹霞。

天平山赏枫

前人栽此树,种下满天秋。
御道移霞影,胭花隐水丘。
诗成红雨暖,我醉白云幽。
行至范公殿,重温乐与忧。

李坑游记

云淡访舟轻,黄花照眼明。
人和樟树寿,竹笑木桥横。
午梦应栖水,春闱屡策名。
桃源何处有?此地可归耕。

曹　旭(上海)

南禅寺听雨

默坐焚香久寂寥,小楼闲倚一枝箫。
京都夜半南禅寺,雨打芭蕉是六朝。

赠　人

谁道年光如过客,相知何必说灵犀?
思君恰似传书雁,愁里西风更向西。

曹　辉（辽宁营口）

西江月·顽铁

顽铁时来增色，黄金运去消辉。垂眉抑或是扬眉。又有什么所谓？

信爱虽然幼稚，经霜却更葳蕤。中年盘点月盈亏。淡看人生错对。

题牛背酣睡图

不晓贫和富，不知妖与神。
只知青草地，滋养忘忧身。
牛背摇床稳，芳林野气新。
风如天地手，哄睡少年人。

曹初阳(江西九江)

己亥秋日九寨沟采风

金秋之九寨,铁马挟云奔。
万瀑凉归袖,孤峰翠到根。
无名花作态,有骨雪留痕。
坐领清风意,归来许共论。

游南岳紫盖峰感吟

形如紫盖入云深,南岳高峰且一临。
拾级千重循旧迹,掬泉几捧涤尘心。
时来钟磬无忧乐,每坐苍岩忘古今。
忽有鸟鸣空谷外,似传新句答知音。

崔 杰（天津）

秋 园

垂云成幕叶成堆，紫陌红尘势已颓。
别有槿花开正好，秋风翻似不曾来。

春 游

暖风徐起嫩寒销，斗酒双柑过石桥。
最是春来看不足，桃花面与小蛮腰。

崔　鲲（湖北武汉）

恩施野三峡俯瞰

谁舞川原挥绿绸，江山无恙展宏猷。
多情迎遍往来客，只把青葱湿醉眸。

采桑子·雪与优昙

莹莹六出玲珑态，妙手安排。未许沉埋，只向人间敷梦来。

灵犀一点浑通透，共抱幽怀。舞落云阶，报与优昙一处开。

画堂春·铿锵玫瑰

一枝凝露傲群芳，由来解语情长。赠人酬已有余香，醉了流光。

浑忘风霜侵梦，不教心字成殇。只矜瘦骨浥清芳，无语铿锵。

崔德煌（江西九江）

游东、西林寺别方伟公并白云瑞诗友

白莲似见远公魂，几处残碑篆尚存。
万仞青峰云世界，千年古塔佛乾坤。
鸡鸣雪夜僧留锡，鹤唳霜天月上门。
溪畔清谈疑虎啸，轻车无奈向黄昏。

陪方伟、半隐庐、抱扑书生三公游周瑜点将台

望湖犹忆火烟烧，如织人登九孔桥。

旧阁依悬吴殿月,轻舟谁唱楚乡谣。
台中杀气因何在?水上战云仍未消。
嗟我来寻兴废事,扶碑不忍认前朝。

康丕耀(内蒙古包头)

上元前夜咏雪(选三)

予素爱雪,然戊戌一冬竟无雪落。入己亥,新正初九夜,大雪忽降,至晓而不绝。上元前夕,瑞雪复来,初之悠悠,继之纷纷。凭轩四顾,叹万家灯红,一城雪白,予谓春雪:霏霏者,其境也;雾雾者,其态也;渐渐者,其韵也;皑皑者,其神也。予喜而不寐,捧书于小窗前,驰神于广宇中,不知今夕何夕也。东方既白,兴犹未尽,乃成六绝。

一

东风原不弃天涯,

入夜吹来万树花。
许是苍穹晓春旱,
故飘喜雪润寒芽。

二

悠悠白蝶满乾坤,
直欲中宵呼入门。
唯有春风能解语,
雪花原是百花魂。

三

凭窗北眺雪纷飞,
恍见流云绕翠微。
一片琼葩一春信,
乘风雁字几时归?

梁剑章（河北石家庄）

题柳编展览馆

当年技艺看传承，老柳翻新舒细藤。
长短枝条经巧手，方圆筐篓暖田塍。
临摹总忆儿时岁，透视常窥雾夜棱。
一段乡愁多唤起，那时明月那时灯。

满江红·瞻仰蚩尤陵

原野春风，吹拂着、炽旗翻卷。殿堂下、丰碑高矗，苍容伟岸。开辟东夷教稼穑，繁兴茂地催芳甸。建穹桑、联众筑城池，宏图展。

黄河域，文明现；开疆土，连征战。更挥师涿鹿，剑锋光焰。三祖合符归一统，九州朝圣闻千燕。五千年、赫赫看丰功，星辉炫。

水调歌头·登罗浮山

岭南伴诗客,逐意共登山。秋风岭上牵步,夹径走连环。百粤名峰之祖,千境蓬莱之路,晓雾绕云烟。伫望飞云顶,鹰翅久盘旋。

穿丛林,追驿道,越清潭。静心观寺,禅声钟鼓响沧寰。坐忆东坡啖荔,话侃真龙横卧,豪烈有儿男。遁入罗浮界,能不化成仙。

葛 勇（重庆）

寤堂兄过金陵

春阳一夕散轻阴,更值君来喜不禁。
曾共艰难长顾我,能无感激载于心。
各千里远风尘苦,将百杯时星月沉。
灯火满街重别去,明朝珍重过遥岑。

元夕

萧鼓人声真鼎沸，归来独坐但抽烟。
离乡久矣都忘苦，对夜长兮恨少眠。
两鬓客霜分镜白，满城灯火映窗燃。
暗祈明日春风到，好向嘉陵稳泊船。

蝶恋花·临别与傻姑小坐

好梦初醒无去处。并坐庭中，坐到天将暮。也欲留春留不住，任风吹落花无数。

天意难将人意顾。双燕归来，还绕门前树。莫道此时情最苦，明朝更隔天涯路。

董 澍（北京）

自北京经北极之麻省
访问北京协和医学院海外校友会

鹏翼回天撼紫辰，风涛捭阖幻中真。
此时人面多如故，彼岸乡音更觉亲。

望朝鲜

春水鸭头绿，秋山马耳红。
断桥遗故垒，鲸海起枭风。

注：中国与朝鲜界水鸭绿江与瑷河交汇处虎山原名"马耳山"，以秋季红枫山色与明代长城起点闻名。

观中国银联微广告《大唐西域最后转账》有感

766年，唐朝与其设在西域的安西都护府被吐蕃隔绝。780年，唐朝改元"建中"，安西发行"大唐建中"钱币作军费。最后一次转账时，孤城剩勇尽皆白发。808年，龟兹沦陷。近半世纪，孤立无援的安西防大食，御回纥，抗吐蕃，战至最后一人。

已经百战余单卒，不教千金少半钱。
丝路从今尤迈进，陌刀至此久失传。

蒋世鸿（河南信阳）

临思鲁阁瞻孔子画像碑，像传为吴道子所画

孤自风中问夕阳，经行千里又苍茫。
只今画圣存文圣，自古明王仰素王。
登岱从知天下小，临衢始觉路途长。
碑间隐见凄凉色，似是春秋以后霜。

上天童山

青山深处炼师家,磴道通幽曲复斜。
衣上顿沾唐雨露,襟前渐起宋烟霞。
鸟飞过岭迎来者,树立将身就去奢。
云变千年犹有迹,闲从漫漶认生涯。

注:天童山位于开化县城北之马金镇,传唐道士鄑去奢于此修炼,感天童八仙下降,因以山名。

绮罗香·媚香楼

画舫春摇,红楼媚见,欣遇清和天气。十里秦淮,烟柳更笼烟水。风日里、扇合丰仪;水云外、梦团罗绮。竞风流、无限江山,香君舞罢出尘美。

玲珑帘展秀色,曾上层楼远眺,风尘时世。雨听芭蕉,相和暮天歌吹。夫子庙、闲待人来;文德桥、艳逢谁至?漫侵寻、明月桃花,置身幽径里。

韩宝汇（山东济南）

陌上花开

陌上春肥来采薇，年年花是惜人非。
遥思缓缓归来意，莫问今朝羡煞谁。

定风波·家添二宝有感

只要吾儿体质佳，管它暮雨又朝霞。时唤妈妈来找我。瞧那，迷藏外露脚丫丫。

牛犊初生无所惧。开赴，星星亦敢够些些。满眼无辜心已化。何暇？远门出趟似搬家。

韩勇建（河南信阳）

雪 梅

一

一树梅花带雪开，流光疏影共徘徊。
先将故事酿成酒，再把春天拎过来。

二

风舞鹅毛款款来，寒梅吐艳喜盈腮。
此生唯愿雪为友，融入冰魂次第开。

小区即景

东风着意写晴光，好景裁诗送吉祥。
我站花前先一笑，镜头犹觉有余香。

韩倚云（北京）

智能 3D 雕像技术

不为相思赋怨多，但凭技艺越银河。
镌雕素貌依图像，传递柔情借电波。
磐石誓言长固定，流光岁月任蹉跎。
明皇若有杨妃伴，何必流传长恨歌。

注：曾有换向，将彼此以3D雕像互为留存，借助视频，音容亦可实时传递。

西江月·余设计某款机器人，人言貌类小儿，小儿闻之不悦

程序从头输入，四肢设计精微。与人对话久相陪，双目生来敏锐。

反应诸般迅速，筹谋思路追随。小儿看罢手轻挥：我岂无心无肺！

重庆大学与同行师兄诸人茶话

清风催我下渝州,旧雨已收新雨稠。
香茗醉人凭厚谊,晴空有路驾飞舟。
学通万里涯无际,话到三更兴未休。
充耳江涛何所惧,行星引路在前头。

注:天空中闪烁的中国科学家群星:在这些小行星的名字中,有以中国古代科学家命名的小行星,包括张衡、祖冲之、郭守敬、沈括等;有以现代科学家命名的,包括袁隆平、吴良镛、屠呦呦等。

韩 晶(北京)

念奴娇·咏雪

过弦风冷,问阿谁听得?素光清寂。六角琼花天上玉,无数琉璃凝碧。若絮随人,如云绕树,匝地难寻觅。轻寒拢袖,静中新看檐滴。

阶上点点留痕，攸来攸去，开谢无凭的。香淡香浓谁袅袅，入梦没些踪迹。山色寒侵，鬓霜悄染，世事犹经历。思量何限，一轮明月今昔。

朝　颜（江西赣州）

月　河

十里廊桥影澹如，月河纡曲月华舒。
何当沈宴三街味，不负江南阆苑居。

南　湖

契意亭轩镜水东，天波揽秀韵无穷。
一湖寂尔思烟雨，千载犹然杜牧风。

程　皎（云南文山）

席　间

呼酒歌楼意态醺，笙声花气两纷纭。
神情忽为思卿冷，却被旁人猜不群。

己亥腊月十五山友设年饭召饮，席散步月归泛园，夜共外子茗叙，次晨旋别

向晚鸡豚足，归时月似轮。
霜严三径草，茗细一壶春。
檐竹妨灯影，雀声催晓茵。
殊途南与北，漠漠送车尘。

冬夜归泛园庭芜不剪如入聊斋画境有记

荒径蓬门步履轻,拨蒿时见小狸迎。
玄霜炼草青狐月,绿竹窥窗玉佩声。
大好皮囊多异物,无端福祸许书生。
南柯知属焚灰末,端赖奇谭枕梦成。

程良宝（陕西延安）

吟诗感赋

肯把闲情寄雅坛,一丝爱好慰孤单,
神游网海为寻梦,月上楼台但倚栏。
宋韵唐音凭意度,朝云暮雨任心盘。
诗如花蕾随春放,不信古人能写完。

古城看秋

一入都城一望愁,车流躲过躲人流。
佳肴食久终伤胃,美景看多犹累眸。
小寨之中无小寨,高楼以外是高楼。
红尘哪片芳菲地,能够从春香到秋。

鹧鸪天·秋怀

翻过人生千百篇,岂因落木怨秋天。从无红叶嫌霜冷,更有黄花耐夜寒。

松下饮,竹边眠,不离不扰见真禅。将心安在虚怀里,一袖清风馈自然。

曾俊甫(湖南新化)

小区林荫道

拥径青葱日日看,隙含光影弄斑斓。
又来洗耳三禅定,已笑撑胸一念宽。
露过流莺时自泻,烟凝飞絮各争团。
尘埃早晚吹难起,应惜群芳向座攒。

过惠山阿炳墓

开谢莺花又几年,二泉残月趁丝弦。
酒狂挥手霜千叠,病起容身屋一椽。
来客不言风籁籁,何人更拨曲绵绵?
翠筠深处悲前事,大冢高碑益惘然。

晨起与陈芳食榴莲

人间此物慰心肝,旅馆张筵恣饱餐。
老去与卿同臭味,早来无客扰清欢。
流连齿颊甘方永,浸润衣巾淡亦难。
咀嚼浮生复何忌?不须拥鼻避辛酸。

曾新友(广东清远)

进站加油

清风催我驾车游,灿烂心情望永州。
进退人生皆有路,康庄道上再加油。

植 树

寸土无荒废,挥锄洒汗忙。
用心催岭绿,随手种春光。

谢南容(重庆永川)

石笋山

鸟道千回折,天梯上曲盘。
叠峯芳草秀,古寺白云寒。
苍润犹存远,空灵不畏艰。
乘心游物外,舒卷自如看。

孟春游江津石门樱花村

行迈越松溉,轻车脱风尘。石门长江左,通波流古津。远村风物异,石笋峰毗邻。樱花桑梓里,黛瓦新村民。丹橘枝头挂,农家醅酒醇。灼灼樱花美,十里花气氤。春寒已半减,日暖自逡巡。多少游春意,吟咏雅怀申。不必桃源觅,疑似烂柯人。

楚家冲（湖南岳阳）

登鹅形山

　　我登鹅形山，欲奋青莲笔。大鹅势欲飞，冉冉近东日。云绕半山顶，众峰因之失。钟声隐隐来，衡岳遥相匹。洞庭风浪高，湖风何瑟瑟。仿佛听渔歌，仿佛簰飞疾。簰祖道行高，有鹅绕其膝。簰祖逍遥隐，鹅亦安且逸。我登鹅形山，訇然开洞室。洞壁如琢磨，如仙境幽谧。闭目此无思，天地我为一。忽有大鹅至，骑鹅奋巨翼。羽然而御风，流云皆佚佚。道长立于前，拂尘挥长揖。大梦回不禁，我情何恻恻。而今逢盛世，天下安以吉。方醒大稀钟，杵杵声声彻。

赖明汉（湖南浏阳）

放学路上

一

处处山峦染夕晖，乡村小道渐人稀。
顽童几个迷芳径，捉了蜻蜓蝶又飞。

二

学童呼伴过横塘，竞放风筝共燕翔。
又怕回家天色晚，欲将拉线系斜阳。

蔡正辉（湖北武汉）

游水镜庄有感

盛衰莫叹总无凭，善荐贤才国可兴。
但得人皆如水镜，潜龙四海尽飞腾。

蔡世平（北京）

清平乐·河伯

序：1997年11月8日，应《三峡晚报》之邀，观三峡大坝大江截流（8时30分）。是夜梦河伯，言巡河受阻，别了湘娥。寂然。

江波微动，明月清风引。旋入洞庭如梦令，醉了一湖花影。

熟山熟水厮磨，千年不老情歌。从此琴弦断去，伤怀也到湘娥。

临江仙·"非典"续记

序：北京小汤山有温泉，为清皇家避暑消夏之地。2003年"非典"（又称SARS）来袭，国家建设小汤山医院救治感染病人。2019年11月10日我来小汤山医院访问，原名不存，今改为"北京医疗康复中心"。当年搭建的简易隔离病房全都拆除，围墙内一大片荒草地，秋风落叶，叙说当年。

秋落残河浅水湾，低声娇语凄然。回头但见夕阳悬。草花红一串，开爆短墙边。

应是青春无限好，SARS毁我芳颜。十分惆怅立荒原。小汤山上月，碧落老温泉。

蔡有林（重庆永川）

游鲁院问道园

银杏梧桐叶正黄，紫荆秋菊蕊含香。
雾霾散尽繁星出，闪烁千条万道光。

石笋情山

情山是否有情缘？寻找密林幽谷间；
古寺清风皆不语，天真知了喜声喧。

裴道铭(江西九江)

涔天河水库

一堤万仞锁蛮溪,乍近潇江路转迷。
水绕千峰秋浪远,岭连百越白云低。
开怀浩气盈胸膈,极目长河幻彩霓。
过客匆匆无复计,何当有幸片时栖。

注:涔天河水库在江华瑶族自治县瑶山之上,位于潇水源头,是湖南省集防洪、灌溉、航运、发电于一体的国家级重点水利扩建工程,库区原始森林群峰攒聚,湿地广袤,已成湘南著名旅游度假区。

凤凰花开

疏枝磊落横天宇,羽叶婆娑荫地凉。
新蝶翩翩迷望眼,暗香缕缕绕回廊。
惊风易折芭蕉树,密雨难摧火凤凰。
不与姚黄争国色,红霞万朵耀南疆。

注：凤凰花树又名火树，羽状复叶鲜绿色，总状花序，花色鲜红或橙黄，因"叶如飞凤之羽，花若丹凤之冠，"故名，是著名热带观赏树，高达20多米。

廖志斌（江西赣州）

村邻往事

一桩小事结新仇，斗气争强闹不休。
藤蔓安知邻里怨，探头探脑过墙头。

廖振福（上海）

饮　酒

森森清江水，灼灼霓虹光。昨日层楼上，嘉会宴华堂。主人致辞毕，把盏劝客尝。未饮先闻香，其香清且长。初饮甚甘洌，绝知不寻常。再饮味醇厚，始信有琼浆。左手持蟹螯，右手持壶觞。宾主皆尽欢，共祝事业昌。归看帘前月，又凝地上霜。忽然思老父，老父居村庄。躬耕日复日，双鬓俱已苍。闲时喜制醪，浊酿满槽房。自斟还自饮，视此为良方。能消劳形苦，能解别离伤。愧吾为人子，远游在他乡。辞家春未暖，倏尔已新凉。何当携美酒，共酌菊篱旁。

谭小香（湖南益阳）

游农业生态园

玻璃园内小阳春，藤蔓高悬绿色新。
满目千禧红润果，来回未见转基因。

春

一河流百里，两岸玉梅羞。
虫振堤边草，鱼惊水上舟。
东风催树叶，细雨湿田头。
曲笛何人奏？哞哞声变柔。

熊东遨（广东广州）

重访徐州

万千胜景足观瞻，重就黄花不避嫌。
盖世气场怜楚霸，举贤风范仰陶谦。
窟中泥俑威犹作，湖底云龙影自潜。
未必江山真要捧，我来聊拾一薪添。

定风波·春日乡居

晨起摊书坐竹斋，推窗放入鸟声来。莫问时芳谁报幕，轮着。梨花谢了菜花开。

回味当年原始样，遥望。青山一半被云埋。出水秧针争拔节，萌蘖。生机在眼不须猜。

重阳后一日龙山寻孟嘉登高处其地因多年采石已成洼坑

山石多年一采空,登临梦与晋时同。
恩天满授沾衣雨,胜地微调落帽风。
鹭聚相窥秋水白,林疏自带晚霜红。
诗成不许高人看,恐有闲愁写未工。

慧 心(北京)

满庭芳·贤普堂写诗有感

贤普堂前,花园巷口,几回春夏秋冬。待花开后,陪我醉春风。珍重春花九畹,却只有,烟絮濛濛。拈花处,相看一笑,今世又相逢。

匆匆。依旧是,斜阳影里,冷月光中。任雪泥痕迹,指爪飞鸿。试把心头块垒,聊写作,片纸尘封。寻常道,春来春去,偶尔望苍穹。

满庭芳·虚岁四十八贱辰初度

芳满庭中,筵开廊下,聚来一十三人。果蔬凉菜,盘样总翻新。卌八门牌大愿,挑长面,无限青春。烛光动,鲜花掌上,笑语最纯真。

缤纷。依旧是,舟停彼岸,月耀天心。信挥手,轻拈几朵浮云。漫道年华梦幻,无妨这,诗意红尘。随缘去,风风雨雨,何必问前因。

樊　令（贵州毕节）

为柴柴庆生自姚赴鄞车中先寄

高桥城郭倚虚空,此夕姚南赴甬东。
背我千灯流乱矢,临窗数树杂秋风。
雁来天气飞霜后,客至情怀被酒中。
赖有故人立烟浪,满襟凉露说重逢。

水调歌头

　　昨日惊风雨,此日感秋天。栖乌月皎难定,叵奈客中眠。合眼涛波移枕,起坐雪霜垂鬓,诸事到灯前。丝竹赖陶写,情况逼中年。

　　栏杆曲,吟愁赋,庾郎先。低徊夜久无计,凉露滴清圆。可惜梦中富贵,只助觉来忧乐,如此复何言。斯世牢牢耳,快著羲和鞭。

潘　泓(北京)

诉衷情·蜗牛

　　可安身处便为家,修得慢生涯。庭阴正好消夏,吮露卧瑶葩。

　　晨雾润,暮烟遮,炫豪奢。且将行篆,素壁闲书,一幅横斜。

金缕曲·听《红蜻蜓》

梦影童年友。是当时,炊烟场院,匿身翘首。禾麦田畦莎萝陌,风物想应如旧。回望处,藓斑苔锈。那日匆匆挥手别,汝如今,游戏安然否。晶露涸,辎尘有。

柔桑一片黄昏后。小篮携,采撷曾经,月牙星斗。青涩温馨泠泠事,早在人涯干透。只汝伴,筼筜杨柳。便是心澄清脆律,又安能,逆水天真走。生老病,茶烟酒。

潘乐乐(安徽合肥)

阳 产

檐甍倚山石,高下叠人家。
野径随云转,炊烟向日斜。

临溪谈故事,负篓采新茶。
而我拘挛客,归筇入晚霞。

重过宏村简大学数同窗

湖山歌酒地,奄忽各天涯。
壮语今谁记?风怀只独嗟。
重来疏雨织,依旧石桥斜。
照影波纹皱,微吟伫落花。

鄂尔多斯道中口占

数声歌起有人归,旷野苍茫入落晖。
缓缓羊群看渐渺,天边散作白云飞。

潘闫苗（山西沁水）

登浔阳楼

腰脚逢春足健游，浔阳江畔几登楼。
时人不问琵琶曲，八百烟波看水流。

夜访石楼寺

山高风送爽，阶静野村明。
今夜楼台寺，隔堤灯火城。
影斜人在寂，枝漏月当盈。
不问禅中事，愿闻钟一声。

戴庆生(江西南昌)

公园弈棋角观棋偶得

匆匆过客竞登场,摇扇军师搅局忙。
小小棋盘大天地,几人清醒几人狂?

戍边战士日记(新韵)

南国红豆梦中发,塞北冰融也想她。
只为九州春永驻,男儿无悔卧风沙。

初春乘摇橹船游周庄

如诗亦如画,古镇覆轻纱。
流水绕民宅,小桥连店家。
一船吴语软,两岸柳丝斜。
昆曲迷烟雨,满街飘伞花。

戴根华(苏州吴江)

乘　凉

飞歌隐隐夜冥冥,灯火千家霁雨馨。
掩卷窗前无一事,乱云堆里望疏星。

台风过境后

水满运河风满城,天蓝又见白云轻。
尘怀谁亦经千涤?留得湖波万顷明。

魏暑临（天津）

观吴玉如先生书法展后抒怀并寄田正宪馆长

光阴待我实切切，璀璨繁星堪静阅。凝神浮生轻一忘，若随云台登玉阙。大字巍峨信山高，小字清通觉芳洌。曾溯标格所从来，领悟文心关结穴。我亦经年脱俗子，行知幸有高风接。林泉写照如自赏，河山坐卧当临帖。书诗何限言涉猎，舒卷随情称快惬。兴至满写鹅溪绢，皓月擎灯光不灭。

定风波·题曾子维先生画黄山二景（选一，并序）

戊戌冬，曾子维先生画黄山松石、黄山始信峰二小景，澄明安静。时余正读阮次文先生《论画绝句》，有"画山须是住山人"之句。因题。

莫羡平生咏画频，题山好是画山人。云外仙桥堪度引，始信。聚音松下有灵根。

明月清风随意取,归去。林泉约定愿同君。罗列他山成我稿(郑板桥有"罗列他山助我山"之句),微妙。看山已是住山人。

魏新河(北京)

幽州村感怀

惆怅幽州尚有村,驱车来对旧黄昏。一身落落成来者,四宇茫茫辨宿根。漂泊心犹无避地,烦忧种已几生孙。不图南海图东海,却望风鹏反化鲲。

湘月·仲夏之望前夕舟游笠泽,归作五湖泛月图,题此奉酬唤梦词社四十期社课

玉田万顷,被清辉熨了,虚白无际。照彻冰盘三百尺,一舸银潢初霁。微影摇星,柔波化月,人在空明里。移来横幅,赚他多少秋意。

高咏同坐云头,扣舷吹竹,引平生幽思。七十二峰青寂寂,曾见归来西子。天地悠悠,古今渺渺,剩此春秋水。临流长啸,半天飞下凉翠。

东坡引·己亥展重阳前二日偕我瞻室谒藤花旧馆东坡谢世处依稼轩体

当时珠玉口,早共人长久。悲歌了却天涯走。一生辜负酒,一生辜负酒。

红棠已死,紫藤已朽,里中犹说买栽手。空余寂寂闲窗牖。当窗人在否?当窗人在否?